I0683299

©2019 Jaques Ampora

Prima edizione: aprile 2019

ISBN: 978-0-244-17560-3

Prefazione

Non vorrei dilungarmi troppo ma una doverosa premessa è necessaria per comprendere questo libro, le ragioni che mi hanno spinto a realizzarlo e tanto altro ancora. Questo per fornirvi, la giusta "chiave di lettura" per leggere e interpretare nel modo corretto questo libro.

Non sono uno scrittore, tantomeno di racconti erotici, anche se ho sempre amato scrivere. Nella stesura di questi racconti, ho cercato di descrivere e raccontare anche le parti più erotiche e piccanti, senza utilizzare frasi e/o termini troppo scurrili e volgari, perché credo che si possano esprimere concetti e raccontare anche momenti erotici intensi senza utilizzare termini poco eleganti. Anche l'aspetto più intimo che riguarda la sfera sessuale deve essere trattata e raccontata con il dovuto rispetto e tatto.

Questi racconti sono stati scritti diversi anni fa, ho iniziato a scriverli per mio ricordo personale, alcuni sono stati pubblicati anni dopo su un sito di racconti erotici, dove hanno riscosso notevole successo, ragion per cui a distanza di anni, mi sono detto, perché non pubblicarli?

I racconti sono tutti veritieri, non si tratta di racconti di fantasia, per questo ho omesso, generalizzato oppure alterato, anche se solo in parte, nomi delle persone e luoghi dove si sono svolte, a tutela della mia e soprattutto della loro privacy, da qui nasce anche la necessità di pubblicare il libro sotto pseudonimo.

Perché "Fortuita Copula"? Un titolo che mi è venuto cosi di getto. Ricordo quel giorno l'ho pure annotato nelle note del cellulare per paura di dimenticarlo, non mi sembra titolo più indicato, perché tutti questi racconti parlano appunto di "rapporti fortuiti", non cercati che sono diventati realtà per una serie di circostanze, oppure sfruttando diciamo "Il genio": fantasia, intuizione, colpo d'occhio e velocità d'esecuzione, come dicevano i quattro protagonisti di "Amici Miei", diciamo una specie di carpe diem di antica memoria.

E io chi sono? Non sono un latin lover, sono una persona normale, lo stesso se ci riferiamo alle persone di cui si parla nei racconti, non sono top model, ma persone normali di quelle che si possono incontrare tutti i giorni a fare la spesa, con i loro problemi, anche con qualche Kg di troppo, curvy va di moda oggi come termine. Persone che ho incontrato nell'arco della mia vita, non si tratta sempre solo di avventure di una notte, con qualcuna poi le cose sono proseguite, tra le protagoniste dei racconti ci sono anche persone con cui è nato qualcosa, ci sono fidanzate, ex, trombamicizie è si anche avventure.

Avvenimenti avvenuti nell'arco di oltre un ventennio, che pian piano ho portato alla luce, altri invece erano racconti già scritti in passato e accantonati nei meandri di qualche hard disk esterno al riparo dal tempo a cui è bastata solo una correzione grammaticale.

I racconti non sono in ordine temporale, non c'è un filo logico da seguire. Alcuni sono normali storie, altre possono magari apparire strane, non nella forma o nel testo, per alcune circostanze, ad esempio in alcuni si fa riferimento all'uso dell'aceto, che forse molti non capiranno il nesso.

Semplicemente è una mia, diciamo fantasia, ognuno ha le sue, c'è chi ama un certo tipo di abbigliamento, oppure un certo profumo, nel mio caso provo eccitazione sessuale per le donne in generale che lo usano. E una storia che risale ai tempi delle scuole, quando, per prevenzione della pidocchi, si usava lavare i capelli con l'aceto. Proprio di questa "scoperta" parlerò nel primo racconto, che risale ai tempi delle scuole e delle mie prime volte e ho deciso di inserire come primo, (ironia della sorte è anche il primo in ordine cronologico), questo per permettervi di dare una chiave di lettura appropriata.

Con questo spero di essermi espresso per il meglio, come già detto non sono uno scrittore quindi perdonatemi qualche vizio di forma oppure qualche divagazione, sempre parafrasando i nostri quattro "Amici Miei" posso conclude con questa frase: "Qui non si bada alla forma ma alla sostanza".

Buona lettura

Luana

L'episodio risale a molti anni fa, ai tempi frequentavo le scuole superiori e avevo circa 15/16 anni. Luana era una mia compagna di scuola e fidanzata dell'epoca. Un pomeriggio d'autunno, come accadeva spesso, mi sono recato a casa di Luana, con cui ho avuto la mia prima esperienza sessuale, quindi un ricordo indelebile.

Di solito mi recavo da lei per studiare oppure passavo a prenderla per uscire. Quel pomeriggio, arrivai da lei, suonai alla porta e mi apri sua madre, successivamente arrivò Luana, aveva un asciugamano in testa, tipo turbante che solitamente si usano per asciugare i capelli, si avvicinò e mi disse: "scusa sono inavvicinabile, ma in classe di mia sorella ci sono stati casi di pidocchi e così mia madre gli ha fatto il trattamento ai capelli con l'aceto e siccome condividiamo la camera ha fatto il trattamento anche a me". Effettivamente, avvicinandomi a Luana per baciarla constatai subito che l'asciugamano e i capelli odoravano terribilmente di aceto.

Premetto che a me da bambino l'odore del aceto ha sempre dato molto fastidio, al punto che in casa mia veniva pure usato come strumento di punizione. Quando mi comportavo male mia madre mi faceva odorare l'aceto oppure mi dava i ceffoni con la mano bagnata nell'aceto, perché per me era una tortura peggio che venire sculacciato severamente.

Con il passare degli anni, non conosco il motivo, il fastidio è pian piano diminuito anzi al fastidio è subentrata una forma di curiosità, difatti arrivato nel periodo dell'adolescenza, ho iniziavo a guardare sempre con maggiore interesse le ragazze che lo usavano. Esempio al ristorante quando vedevo che molte ragazze lo usavano per condire l'insalata e mi chiedevo come delle ragazze belle e giovani riuscissero a sopportare quel odore e soprattutto quel gusto forte sulle loro labbra, contemporaneamente però fantasticavo a come mi sarebbe piaciuto fare sesso con loro e baciare le loro labbra bagnate d'aceto. Questi pensieri mi facevano eccitare e non poco.

Difatti quel giorno, avevo la mia ragazza Luana e sua sorella "sotto aceto" e la cosa da subito mi intrigava tanto che ho iniziato a fare delle domande sull'argomento, tipo ogni quanto la madre gli faceva il trattamento, se lo faceva spesso ecc. Così ho scoperto che era dai tempi delle elementari che la cosa andava avanti, in effetti Luana ha sempre avuto i capelli neri scurissimi e sempre lucidissimi, ma non avevo mai notato l'odore o altro, in effetti perché a lei alle superiori capitava di rado, giusto in casi come questo mentre alle elementari e alle medie era molto frequente e si lamentava perché spesso andava a scuola con i capelli odorosi di aceto e la cosa la imbarazzava un poco, anche se in classe non era la sola ad essere in quella condizione e questo faceva passare l'imbarazzo in secondo piano.

Quel pomeriggio mi disse che non avrebbe voluto uscire in quelle condizioni e che non avrebbe potuto rilavarsi i capelli fino alla sera perché la madre diceva che altrimenti non avrebbe fatto effetto, così siamo rimasti in casa a studiare. Dopo poco, intorno alle 17 la madre, proprietaria di un ristorante in una città vicina, è uscita insieme alla sorella di Luana per andare al ristorante, io e Luana siamo rimasti a casa da soli.

Ovviamente casa libera ne abbiamo approfittato e ho iniziato a baciarla, anche se Luana era un po' a disagio per via dell'odore non proprio piacevole che emanavano i suoi capelli, e mi diceva: "Scusa amore se lo avessi saputo ti avrei avvisato di non venire ma è stata una cosa improvvisa". Io gli risposi di stare tranquilla che non era un problema, anche se comunque un po' lo era, però bacio dopo bacio, quell'odore di aceto sui suoi splendidi capelli corvini scatenava i miei pensieri legati all'aceto, come quando al ristorante seguivo con lo sguardo le ragazze che condivano l'insalata. Così bacio dopo bacio nella frenesia siamo finiti a letto e abbiamo fatto l'amore, come sempre solo che durante il rapporto spesso il mio naso veniva a contatto con i suoi capelli che sprigionavano un forte odore di aceto e ho notato che questo mi faceva eccitare da morire, difatti cercavo apposta di odorargli i capelli, il mio membro durissimo entrava e uscita ritmicamente dalla morbida e giovane vagina di Luana, che gemeva di piacere. In effetti lo avevo durissimo e non riuscivo nemmeno a venire tanto ero preso dalla situazione, ad un certo punto però dopo aver affondato il volto e soprattutto il naso, tra i capelli di Luana arrivai al culmine del piacere, letteralmente inondando la morbida e giovane vagina di Luana di caldo nettare, al punto da farla urlare di piacere. Lei mi disse cosa fosse successo se avessi mangiato qualcosa di particolare o di afrodisiaco, perché mai prima d'ora aveva goduto tanto. Non le dissi nulla al riguardo ne in quel momento e neppure nei mesi futuri e comunque l'occasione di trovarla con i capelli bagnati con l'aceto non si ripresentò mai più, ma quando facevo l'amore con lei le guardavo e gli odoravo i capelli fantasticando e pensando a tutti i litri di aceto che avevano ricevuto quei capelli negli anni della scuola e questa fantasia durante i rapporti mi permetteva di avere delle prestazioni superiori alla media.

Anni dopo, dopo aver pensato molto se dirglielo o no, gli confessai questa cosa e gli dissi: Lu, devo dirti una cosa, mi avevi detto che tua madre ha sempre usato lavarti i capelli con l'aceto per prevenzione contro i pidocchi, e ricordi quel giorno anni fa che per caso ti ho trovato a casa con i capelli bagnati con l'aceto per via di tua sorella ? Ecco quando abbiamo fatto l'amore ti sei accorta che c'èra qualcosa di diverso da solito, ecco Luana era vero, non so come dirtelo ma ho scoperto che l'odore dell'aceto mi fa eccitare da morire, specialmente sui capelli, e da allora ho sempre fantasticato su questa cosa, ho pensato molto se dirtelo o meno però ho voluto farlo, spero non mi prenderai per un maniaco ma volevo chiederti se sei disposta, anche solo una volta dopo tanti anni, a fare l'amore con me dopo esserti lavati i capelli con l'aceto, che tra l'altro le dissi che gli rendeva i capelli lucidi e morbidi.

Lei subito rimase subito turbata, poi mi disse, che strana fantasia non lo avrei mai immaginato, però da parte mia non ci sono problemi, sono stata lavata con litri e litri d'aceto da bambina e da ragazzina. Cosi nel bagno iniziò ad esserci, insieme a bagnoschiuma e shampoo vari, anche la presenza fissa della bottiglia dell'aceto e molte volte mentre ero a letto che la aspettavo oppure sul divano per vedere la tv, lei usciva dal bagno e si avvicinava con il suo asciugamano in testa e i capelli tutti bagnati con l'aceto, così mi addormentavo abbracciato a lei con la faccia sopra ai suoi capelli odorosi di aceto. Questo è accaduto molte volte in seguito e ogni volta è sempre stato bellissimo, anche se le sensazioni che provai quell'autunno di molti anni fa non le provai più.

La cuginetta inglese

Ho una cugina poco più che ventenne, da molti anni trasferita in Inghilterra dove vive e lavora. Periodicamente viene in Italia a trovare i parenti, solitamente si ferma a dormire dalla nonna che praticamente vive nel mio condominio. Sembra strano ma nonostante tutto negli ultimi anni non ho mai avuto modo di incontrarla, le uniche notizie che avevo di lei mi arrivavano grazie all'amicizia, dal suo profilo facebook.

Cosi la primavera scorsa, dopo aver appreso da facebook il suo imminente, anche se breve, arrivo in Italia preso dalla smania di vederla di persona, ho iniziato a messaggiare con lei. Scopri così che anche lei aveva voglia di vedermi e anche se si fermava solo pochi giorni ci saremo incontrati per forza, anche perché alloggiava dalla nonna che praticamente è mia vicina di casa.

I giorni passavano, la cuginetta arrivò, si stabilì dalla nonna, ma nonostante tutto il caso e gli impegni non ci fecero incontrare, io vedevo le sue foto in giro per l'Italia e fantasticavo pensando a come era diventata bella quella ragazzina che chiamavo affettuosamente la mia cuginetta e che per tanti anni avevo perso di vista, ora era diventata una stupenda ragazza dai capelli scuri molto intriganti.

Un'altra settimana era passata, lei era qui a pochi metri da me ma niente non ci si incontrava, lei la mattina dormiva, poi usciva e rientrava la sera tardi, io di giorno sono raramente a casa e gli impegni di lavoro a volte mi portano a rincasare tardi.

Così in un lampo arrivò l'ultimo giorno della sua permanenza in Italia, ci sentiamo al mattino sempre via facebook e mi dice che quella sera era fuori a salutare gli amici ma quando sarebbe rientrata a casa, mi avrebbe avvisato così ci saremo finalmente visti. Le ore che mi separavano dal quel fatidico momento, erano un continuo fantasticare sulla cuginetta che avrei rivisto dopo tanti anni, io oramai quasi 40enne e lei poco più che 20enne, passarono le ore, le dieci, le undici, mezzanotte, l'una, ogni volta che sentivo il portone aprirsi un sussulto mi prendeva e mi preparavo nella speranza che fosse lei.

Finalmente alle due si aprì il portone, era lei, esco e le vado incontro, lei mi bacia sulla guancia e mi dice:

"Scusa se non ti ho scritto ma visto che si e fatto tardi pensavo fossi andato a dormire", io le risposi che il giorno dopo ero a casa e che comunque ero solito perdermi su internet e andare a dormire tardi la notte.

Così parlammo per mezz'ora, praticamente sulle scale, poi considerando che quel giorno per una banale casualità la nonna era rimasta a dormire dal suo nuovo compagno in vista di un impegno che avevano il giorno dopo, mi disse guarda tanto sono sola in casa entra così mi fai compagnia ancora un po' tanto tardi per tardi, e siamo più comodi.

Entrai in casa, ci sedemmo sul divano, dopo aver parlato molto e bevuto, complice forse l'alcool iniziammo a scherzare e le misi un braccio intorno al collo per vedere la sua reazione, lei con mio stupore si lascio andare in un abbraccio, la guardai negli occhi e iniziammo a baciarci. Io la baciavo appassionatamente le sue labbra morbide e bagnate si fondevano con le mie, la sua lingua, il suo sapore era nettare per me, pian piano iniziai a toccargli le natiche e il seno, mentre lei baciava sempre con più passione, il mio membro era diventato oramai turgido e pulsante di piacere, così mi sdraiai e nonostante avessi i pantaloni lo appoggia sopra la sua vagina, mentre mi baciava lei lo sentì e con una mano lo sfiorò leggermente poi fece il gesto di slacciarmi i pantaloni, io non persi tempo, lei fece lo stesso, in un attimo ci trovammo nudi sul comodo divano della nonna, mentre continuavamo a baciarci e a giocare con la lingua senti finalmente su di me, il calore della sua pelle, la morbidezza dei suoi giovani seni sul mio petto, il mio membro che sfiorava delicatamente le grandi labbra della sua giovane fighetta che era già tutta bagnata. A quel punto appoggiai il mio membro all'ingresso della sua vagina muovendomi ritmicamente, lei iniziava ad ansimare, allora entrai di pochi centimetri dentro di lei e senti il suo calore e l'umido della sua vagina accogliere il mio membro, dopo qualche minuto in quella posizione entrai più deciso dentro di lei, che ad un tratto emise un gridolino di dolore e mi disse di fare più piano che le stavo facendo male, inizia a muovermi ritmicamente dentro di lei, entrando e uscendo lentamente, dopo due minuti ero completamente dentro di lei, la sua vagina umida e calda avvolgeva il mio pene come un guanto, sembrava che i nostri sessi, fossero creati su misura uno per l'altro, ad ogni spinta erano grida e gemiti di piacere, dopo un po' le dissi che l'avrei avvisata quando stavo per venire in modo da non venirle dentro, per ovvi motivi, lei mi disse, stai tranquillo prendo la pillola stai sereno e quando stai per venire lasciati andare, voglio che mi vieni dentro.

E così avvenne, dopo poco senti il mio membro sempre più caldo e pulsante, le dissi che stavo per venire e lei si morse le labbra dal piacere, poi si mise a baciarmi e la sua lingua si muoveva ansiosamente dentro la mia bocca, ad un certo punto arrivò l'orgasmo e un getto di caldo nettare schizzò tra le pareti della vagina della mia cuginetta che rimase immobile per riceverlo tutto, sentivo la sua vagina che si contraeva mentre il mio pene schizzava dentro come impazzito. Rimasi ancora qualche minuto in quella posizione con lei che contraeva la sua vagina intorno al mio pene che stava tornando aimè, nella sua posizione di riposo. Così continuammo a bere e dopo mezzoretta mi chiese se volevo dormire con lei tanto in casa non c'era nessuno, così ci spostammo in camera da letto dove continuammo a baciarci appassionatamente e ovviamente in pochi minuti il mio cazzo era nuovamente duro come una pietra, così dopo qualche minuto la vagina della cuginetta fu inondata nuovamente dal mio nettare d'amore, così dopo tutto, crollammo distrutti in un tenero abbraccio.

La mattina dopo ci svegliammo ancora abbracciati, subito dopo aver aperto gli occhi ricominciarono i baci e dopo poco il mio pene era nuovamente avvolto nello stretto e morbido guanto che altro non era che la giovane e morbida vagina della mia cara cuginetta, che mi regalava sensazioni uniche, sembrava creata apposta per me, la sentivo contrarsi ritmicamente e questo movimento non faceva altro che accrescere la mia eccitazione e prolungare il mio piacere, insieme al fatto che prendendo la pillola, non c'era nessuna barriera tra me e lei, eravamo "pelle a pelle", i nostri umori ed i nostri fluidi si univamo anche loro in un turbine di passione, io ero dentro di lei e lei dentro di me, quasi i nostri corpi si fossero fusi insieme, il sapore delle labbra e la lingua della cuginetta che si muoveva agilmente nei meandri più nascosti della mia bocca mi faceva impazzire di piacere.

Al termine di quella lunga nottata e fantastica mattinata era giunta l'ora di salutarci, da li a poco, precisamente alle 14, un aereo la attendeva per riportarla a casa, così la accompagnai all'aeroporto, la salutai e le diedi un ultimo bacio, dicendogli che avevo fantasticato su di lei, ma che le mie fantasie erano state ampliamente superate da quello che era accaduto nella realtà. La cuginetta entrò in aeroporto e alle 14 e 10 vidi l'aereo partire alla volta di Londra con a bordo la mia cuginetta con la sua vagina ancora piena del mio nettare. Ora non vedo l'ora che ritorni in Italia, per rivederla e chissà magari ripetere quella fantastica giornata.

La panettiera matura

Circa un anno fa un mattino prima di andare al lavoro, quando la mia panetteria di fiducia era in ferie, entrai in un'altra panetteria qui della mia città a comprare la colazione. A servire trovai la commessa, una signora bionda riccia, bella robusta ma non troppo, indicativamente sulla cinquantina, dall'aspetto severo.

A prima vista non mi ispirò nulla, poi le volte successive, iniziai a fantasticare, ma non fantasie sessuali, però essendo un appassionato di sculacciate e disciplina domestica, quella donna sulla cinquantina, un po' robusta e dall'aspetto severo mi sembrava la classica madre severa che castiga e sculaccia, difatti il mio pensiero è andato ai suoi figli, e mi sono detto: "con una madre così chissà quanti castighi e sculaccioni avranno preso". La cosa finì li, la mia abituale panetteria, tra l'altro comoda in quanto sulla strada dell'ufficio, riaprì dalla ferie e così tornai alle mie normali abitudini.

Sono un appassionato di foto e sono iscritto ad un gruppo di fotografia su facebook dedicato alla mia cittadina, dove la gente posta le foto del luogo. Una mattina presto, di ritorno da un turno di notte, scattai una foto di una stupenda alba e la misi su questo gruppo. La foto ebbe un discreto successo, venne pure scelta come foto di copertina del gruppo.

Qualche settimana dopo, guardando su facebook, scopro che una, persona anche lei iscritta al gruppo, condivide la mia foto dal gruppo. Guardo il profilo di questa persona e scopro che è la commessa della panetteria dove ero andato mesi prima e ovviamente le chiedo l'amicizia, ma questo senza secondi fini. Lei accetta, mi contatta, mi fa i complimenti per la foto, poi mi chiede vedendo il mio cognome se ero parente di una persona, tra l'altro la persona in questione era mio zio e scopro che andavano a scuola insieme, quindi è sua coetanea, mio zio è del 1958, quindi lei ha 58 anni, non lo avrei mai detto, sarà merito dei capelli biondi e dell'aspetto giovanile, comunque parlando del più e del meno scopro che conosce anche mia mamma e mia nonna che sono clienti abituali, ma non ha proprio idea di chi sia io fisicamente, nonostante, anche se raramente ho comprato in panetteria e mi ha servito proprio lei.

Passano i giorni e continua a mandarmi messaggi, io le rispondo, parliamo del più e del meno, a volte mi scriveva anche in modo assillante, mi chiedeva cosa facevo ecc, ma sempre a livello amichevole senza mai parlare di argomenti scabrosi o altro, un sabato sera mentre mi scriveva non ricordo di cosa parlavamo, mi risponde se non avevo di meglio da fare che chattare con una persona che poteva essere mia madre. Io ci sono rimasto male devo dire, anche perché le nostre conversazioni riguardavano cose generali e non ricordo nemmeno quale fosse il motivo scatenante, io comunque non le scrissi più. Dopo un paio d'ore mi riscrive per scusarsi e nei giorni successivi siamo tornati a parlare del più e del meno come se non fosse successo niente, mi ha raccontato di lei, ho scoperto che non ha figli, ha un marito ma si è sposata qualche anno prima, solo per sistemare le cose dal punto di vista legale dopo 30 anni di convivenza ma mi e sembrato di capire che si tratta di una di quelle coppie aperte, vivi e lascia vivere, in cui ognuno fa la sua vita e segue le sue passioni, pur andando l'accordo, anche perché si sarebbe accorto che la moglie passava la giornata a chattare con me. Continuando a conoscerla scoprì che anche senza avere figli aveva una marea di nipoti, una quindicina mi pare, al che io gli risposi, allora mi adotti potrei chiamarti zia.

Devo ammettere che quella donna mi intrigava e non poco, soprattutto mi chiedevo questo strano segno del destino che ci aveva messo in contatto per puro caso, comunque i mesi passavano, mi mandava i messaggi del buongiorno, della buonanotte, parlavano di come erano andate le nostre rispettive giornate, di qualche passione in comune, oppure di qualche fatto di cronaca successo nella nostra piccola città che non arriva a 10.000 anime ma nonostante tutto, io non sono mai più andato in panetteria a conoscerla e nemmeno lei me lo ha chiesto, tutto rimase in una condizione di amicizia virtuale, anche se tutta questa confidenza mi sembrava strana, non mi sembrava una donna che fosse annoiata dalla vita oppure si sentisse sola oppure trascurata dal marito, mi diceva che ero una brava persona che si trovava bene a parlare con me, anche se davvero poteva essere mia madre e comunque le confessai che era una bella donna e che magari averla avuta come madre.

Il tempo passava e messaggio dopo messaggio un giorno decidemmo di incontrarci, un pomeriggio mi disse che andava a fare spesa al centro commerciale, dove pure io dovevo andare, quindi quale migliore occasione, ci incontrammo li e dopo aver fatto la spesa, siamo andati a prendere un caffè e visto che anche lei aveva la passione per le camminate in campagna ed io, poco tempo prima le avevo parlato di un giro che avevo fatto, mi chiese di accompagnarla che anche lei voleva andarci da tempo ma suo marito non ama questo genere di escursioni e non l'avrebbe mai accompagnata.

L'appuntamento era per la mattina seguente, tutto come previsto, una semplice passeggiata nei boschi tra amici, o meglio sembrava tra madre e figlio, poi nel pomeriggio la riportai a casa e mi fece salire, il marito non c'era era fuori a trovare dei parenti in Piemonte e sarebbe rientrato in serata inoltrata, comunque mi ha fatto accomodare, mi ha fatto vedere la casa di cui tanto mi aveva parlato e descritto per messaggi, poi mi offrì una doccia e un the del pomeriggio. Alla fine mentre eravamo sul divano iniziammo a scherzare, gli dissi che comunque nonostante l'età era una bella donna e alla fine ci abbracciammo proprio come zia e nipote, fu una bella sensazione, qualcosa in noi scattò, capii che pur andando l'accordo con il marito era trascurata, forse trascurata sessualmente anche perché dopo tanti anni poi le cose diventano una routine, lei ora era in menopausa con tutti i problemi che comporta e forse meno desiderabile, invece per me era una stupenda donna.

Dopo poco lei inizio a toccarmi le gambe e dopo poco le sue mani erano sopra al mio cazzo e le mie dita sopra la sua vagina, dopo questo primo inizio ci trasferimmo sul letto, entrambi nudi, lei nonostante l'età e i suoi 80kg di peso, aveva un aspetto stupendo un fisico veramente statuario, seni e natiche sode, non un filo di cellulite o di smagliature, ad un certo punto apri il comodino e prese un tubetto di crema lubrificante, mi disse che la menopausa le dava problemi di secchezza vaginale e doveva usare quella, così mi riempii bene le dita di crema e delicatamente le introdussi nella sua vagina, che era comunque secca nonostante tutto, e la stimolai con le dita mentre lei faceva altrettanto con il mio cazzo tra le mani. Poi prese la crema lubrificante e ne spalmò quasi mezzo tubetto sul mio cazzo che era diventato tutto duro e caldo, lei si sdraiò prese il mio cazzone pieno di crema lubrificante tra le mani e delicatamente lo avvicinò alle sue grandi labbra che erano anche loro piene di crema, lo mise davanti all'apertura, allargò le gambe e mi mise le mani sulle natiche e mi spinse delicatamente dentro di lei, mi disse di fare piano piano. Entrai di pochi cm, poi di un altro poco, sentì che iniziava a provare piacere alla fine sempre delicatamente entrai tutto ma senza fare movimenti bruschi, avevo letto che ci sono donne che con la menopausa e la secchezza vaginale non riescono più ad avere rapporti e non volevo farle male, poi senti che il lubrificante abbondante e quella poca lubrificazione vaginale aveva fatto effetto e così iniziai a muovermi liberamente senza preoccuparmi troppo, lei gemeva di piacere. Il mio cazzone regalava stupende sensazioni ad una quasi 60enne, in menopausa e con problemi di secchezza vaginale che chissà da quanto tempo non conosceva i piaceri del sesso, la chiamavo zia durante il sesso, questo mi eccitava ancora di più, i suoi ricci biondi, quel volto da donna matura e severa che tanto mi aveva colpito e tanto mi aveva fatto fantasticare, era sotto di me e che godeva sotto alle mie spinte veloci e profonde, la vagina tutta lubrificata produceva il classico rumore, quel "cick ciak" classico di quando il membro scivola nella vagina bagnata e la sua base sbatte contro le grandi labbra producendo questo fantastico rumore che rieccheggiava nella stanza mentre lei sul letto gemeva, si mordeva le labbra, si contorceva alzando di tanto in tanto le cosce per sentire meglio il mio cazzone che la sfondava. Mi accorsi che veniva e non mi fermai, riuscì a farla venire due volte, cercando di trattenermi poi guardando come si muoveva, si mordeva le labbra e godeva, non riuscì più a trattenermi e il mio seme uscì caldo e copioso nella sua vagina, a quel punto la sentì contrarre le gambe, mi disse che sentiva un getto caldo in profondità, era il mio nettare che le regalava stupende sensazione facendola nuovamente sentire sessualmente appagata e desiderata. E' stata un esperienza stupenda, ho solo un rimpianto, quello che aveva scatenato la mia fantasia iniziale, essere sculacciato da quella donna, sentire le sue mani colpire ripetutamente le mie natiche magari sdraiato sulle sue ginocchia, davvero come madre severa e figlio indisciplinato.

La salumiera del Conad

Che la mia fantasia fosse molto disinibita e perversa me ne ero accorto già da tempo, anzi devo dire che fin da bambino ho sempre sviluppato delle fantasie, anche con persone più grandi di me. Ricordo che molte volte venivo attratto non solo dalla persona ma dal tipo di lavoro che svolgeva, esempio cassiera, commessa, infermiera ecc…

In questo racconto parlerò di una banconista salumiera con cui ho avuto una storia. Riflettendo, mi sono ricordato che da bambino 6/7 anni, ero praticamente innamorato della madre di una mia compagna di scuola che faceva appunto la banconista in un supermercato. Andavo a fare la spesa con mia madre al supermercato e la vedevo affettare prosciutti, tagliare formaggi e rimanevo affascinato, strano considerando il fatto che io non mangio formaggi e ben pochi affettati, non capisco il perché di questa mia attrazione verso questo tipo di lavoro essere attratto da queste persone che tutto il giorno hanno a che fare con formaggi, anche puzzolenti da tagliare e confezionare. Pensandoci bene non saprei darmi una spiegazione, anche perché questa fantasia da pre-adolescente è poi praticamente scomparsa, considerando anche il fatto che in passato (15 anni fa), ho pure avuto una fidanzata che lavorava in un supermercato come banconista in salumeria ma il fatto non mi ha creato particolari fantasie sessuali.

Io faccio la spesa abitualmente, sovente mi reco al banco della salumeria per prendere qualche etto dei rari affettati che consumo e ho sempre notato con ammirazione, queste ragazze, molte volte belle e giovanissime che per 6-8 ore al giorno, affettano, tagliano, trasportano a spalla forme di formaggio di svariati Kg dalle celle frigorifere al banco, tutto il giorno a contatto sia fisico che olfattivo con prodotti che alla sola vista mi fanno venire la nausea e chissà magari anche a loro visto che e praticamente improbabile che vadano matte per ogni prodotto che fa bella mostra sul loro banco.

Ultimamente ho iniziato a guardare con simpatia una banconista del Conad dove vado abitualmente a fare la spesa, nonostante il banco dei salumi sia pieno di giovani e belle banconiste molto piacenti, la mia attenzione si e focalizzata su una banconista che lavora li da tempo, non si tratta di una ragazzina ma una donna di 47 anni. Mi ha già servito spesso in passato ma un paio di mesi fa, nonostante indossi camice e la cuffietta sui capelli, la mia attenzione si e focalizzata su un nuovo taglio di capelli rosso scuri che lisci molto lucidi che uscivano a tratti dalla cuffietta, inoltre più di una volta si è rivolta a me cono sorrisi ammiccanti oppure salutandomi con una frase tipo: "ciao caro" e in me è scattato qualcosa, diciamo che l'ho vista sotto una luce diversa, quel particolare mi aveva colpito.

Da quel giorno ho iniziato ad andare al supermercato quando c'è lei e guardarla con intensità, nonostante non sia più una ragazzina ha l'orecchino al naso ed è molto sensuale. Una sera che ero andato a comprare poco prima della chiusura, all'uscita, mentre riponevo la spesa, sono stato raggiunto da una telefonata che mi ha tenuto mezz'ora impegnato. Terminato di telefonare, chi ti vedo arrivare, lei, in uno splendido vestito bianco e per puro caso scopro che ha la macchina vicino la mia, quindi partiamo insieme e scopro che fa la mia stessa strada, allora preso dalla frenesia, decido di seguirla, e scopro che vive a un paio di Km di distanza, ora che so dove abita e che macchina ha, mi manca solo di scoprire il nome ma pochi giorni dopo mentre ero in coda al banco, una sua collega la chiama è cosi scopro il suo nome Susanna. Il quadro è completo, così spinto dalla frenesia di conoscerla meglio decido per una mossa azzardata, ma che in passato aveva già dato i suoi frutti, gli scrivo un bigliettino e lascio nel parabrezza dell'auto. Scrivo senza aspettarmi molto, gli scrivo cose banali che sono un cliente, che lei è la regina della salumeria, che mi ha attirato l'attenzione e le lascio il mio numero di telefono.

Passano i giorni e nessuno si fa vivo, quando oramai ho quasi perso le speranze mi arriva un messaggio su WhatsApp, era lei che mi ringraziava per quel gesto di affetto, mai in passato gli era capitato una cosa simile. Ora il passo successivo era vederci, io conoscevo lei ma lei non me, se non come anonimo cliente con cui ogni tanto scambiava qualche battuta. Da quel giorno iniziammo a scambiarci messaggi su messaggi, scopri, come già sapevo, che viveva poco distante da me, che era separata e che aveva un figlio di quasi 9 anni. Cosi messaggio dopo messaggio anche in lei la curiosità iniziò a prendere il sopravvento e decidemmo di incontrarci per un semplice caffè, cosa che accadde pochi giorni dopo.

Da quel giorno iniziò un rapporto di pura amicizia, ora quando andavo a comprare ci salutavamo come amici e non c'era più quel rapporto tra cliente e semplice commessa, tutto andava avanti come sempre ma un giorno ricevo un suo messaggio. Mi chiedeva cosa facevo un sabato perché lei era a casa e quel week-end il bambino ero dal suo ex marito. Cosi ci siamo incontrati un sabato pomeriggio alle 5 in un grande parco poco distante da casa, abbiamo passeggiato, parlato, poi abbiamo cominciato a scherzare e a farci i dispetti, tipo il solletico e simili. Alla fine ci siamo seduti su una panchina appartata e alla fine ci siamo baciati, poi complice il buio abbiamo proseguito in macchina. Ad un certo punto ci siamo spostati sui sedili posteriori del suo Fiat Doblò e protetti dai vetri oscurati ha continuato a baciarmi, poi a sfiorarmi i pantaloni e in fine mi sono trovato le sue mani che avvolgevano il mio cazzo duro, le sue mani affusolate sfioravano e toccavano il mio membro mentre le mie dita affondavano dolcemente ma decise nella sua vagina di donna matura, da una parte ero felice dall'altra ero preoccupato per quello che poteva succedere dopo, non avevo mai fatto l'amore con una donna di quasi 10 anni più grande di me e soprattutto con una donna che aveva partorito, ero convinto che sarei rimasto deluso.

Infatti dopo poco lei si mise sopra di me, prese il mio cazzo tra le mani, lo avvicinò alla sua vagina e iniziò a sfregare la punta del mio glande contro le sue grandi labbra, mentre lo teneva in mano mi disse, ma hai un cazzone, che bello grosso che è non vedo l'ora di sentirlo dentro, io credevo non avrei provato niente dentro a quella vagina "sfondata" scusate il termine, da oltre 30 anni di rapporti sessuali e dopo aver partorito un figlio, invece ho dovuto ricredermi, il mio cazzo entrò subito fino in fondo alla sua vagina che nonostante le mie paure e i miei dubbi era decisamente stretta e accogliente, iniziò a muoversi e letteralmente a urlare dal piacere, tanto da farmi preoccupare che nelle vicinanze ci fosse qualcuno ad ascoltare. Io ero seduto sul sedile posteriore e lei, visto anche la sua altezza di poco più di 160cm era sopra di me a gestire il gioco, per la prima volta io mi trovavo con sopra una over 40 che mi dominava e si muoveva su e giù dentro di me facendo energicamente entrare e uscire il mio pene turgido dalla sua vagina grondante di umori. Lei venne diverse volte, io invece non riuscivo a venire o meglio cercavo di trattenermi perché non volevo venirle dentro quindi la mia attenzione era fare godere lei e poi chiederle di farmi venire tra le sue mani, quando con un mio stupore mi chiese come mai non mi aveva sentito ancora venire, le dissi i miei timori, e lei rispose, vieni tranquillamente dentro e godi dentro di me, tanto dopo anni di spirale e con la menopausa alle porte non credo proprio ci siano rischi e così è stato, dopo pochi minuti il mio cazzone impaziente e forzatamente trattenuto da raggiungere l'orgasmo, che comunque lo aveva reso ancora più duro e potente, iniziò a pulsare a quel punto dopo poco mi fermai e dopo aver affondato il mio membro fino in fondo alla sua vagina mi lascia andare in un urlo liberatorio e con me liberai finalmente tutto il mio nettare d'amore che letteralmente invase la vagina e il collo dell'utero di Susanna che sentendomi schizzare contrasse la vagina abbandonandosi anche lei in un gemito di piacere.

Dopo quella volta, al supermercato, ci salutavamo come se nulla fosse, poi dopo massaggiavamo intensamente e quando il bimbo era dal suo ex marito ci vedevamo anche a casa, dove fortunatamente durante l'orgasmo, cercava di trattenersi, era forse la prima volta che mi trovavo con una donna che urlava così ogni volta che veniva, tra me e me dicevo con una così in casa altro che lamentele dei vicini !!!

Il rimborso inatteso

Una sera, prima della chiusura, mi sono recato presso un negozio di una multinazionale di abbigliamento dove ho comprato alcuni capi. Quando mi sono recato alla cassa, complice la coda che c'era e la fretta, non mi sono reso conto che uno dei due capi che ho acquistato nonostante fosse in saldo è stato conteggiato a prezzo pieno. Una volta uscito dal negozio ho realizzato e sono tornato indietro a verificare sullo scaffale se il prezzo era corretto oppure no. A quel punto dopo aver verificato che c'era stato un errore, mi sono recato in cassa per segnalare il tutto.

La cassiera che mi aveva servito, ha verificato effettivamente l'errore e ha chiamato la responsabile del negozio, per effettuare lo storno. Dopo poco arriva la Sig.ra Silvia, una ragazza di circa 40/45 anni, con i capelli lunghi biondo cenere, curvy e con un vestito smanicato che lasciava esposte tutte le spalle. Diciamo che non era la classica ragazzina taglia 42 che fa la commessa in quel genere di negozi.

Comunque arriva, la cassiera gli spiega il motivo, verifica e gli dice che effettivamente c'era l'errore e gli dice di fare lo storno, la cassiera inizia e mi dice che devo però fare ulteriori acquisti per arrivare all'importo del rimborso, a quel punto interviene la responsabile e dice alla cassiera che trattandosi di un errore loro, praticamente il capo che ho acquistato io era in saldo, il problema è che su quello che ho preso io il codice non era stato cambiato e quindi passava a prezzo pieno, che lei era d'accordo con me e che siccome era come se fossi stato "truffato", avevo diritto al rimborso in contanti. Così lei ha preso lo scontrino dalle mani della cassiera e ha iniziato a scriverci sopra, prezzo errato, effettuato rimborso in contanti. Ecc. La cassiera mi da i soldi indietro e poi la responsabile mi dice che però doveva tenersi lo scontrino originale, io gli ho detto che la roba l'avevo provata quindi lo scontrino poteva anche tenerselo, ma lei ha insistito che sarebbe andata a fare una fotocopia e di aspettarla.

Io ho aspettato 10 min in giro per il negozio ma non arrivava, ero quasi sul punto di andarmene quando è arrivata, si e scusata per l'attesa e mi ha invitato nel suo ufficio per prendere la copia, così l'ho seguita, mi da lo scontrino, poi già che ero li gli chiedo se per caso aveva la mia taglia di un paio di pantaloni che mi piacevano ma non trovavo, lei mi disse:

"aspetta guardiamo nei camerini se tra quelle che la gente lascia dopo aver provato c'è qualcosa",

in effetti c'era anche se era una taglia leggermente più piccola, allora entro nel camerino per provarla, dopo poco arriva lei e mi porge i pantaloni da provare ma con mio stupore non si limita a questo ma entra pure lei nel camerino, chiude la porta ed esclama: "vediamo se ti stanno, scusa ancora per prima, anzi come responsabile del negozio siccome mi sei simpatico voglio scusarmi personalmente in un modo che non potrei dimenticare, voglio farti un pompino".
Io rimasi stupito, poi siccome questa ragazza nonostante tutto qualche occhiata in cassa gli e l'avevo lanciata, le toccai i capelli in segno di approvazione, allora mi levai i pantaloni e rimasi in boxer, lei a quel

punto si è inginocchiata, e ha iniziato ad accarezzarmi le gambe e poi anche il cazzo, che nel frattempo stava diventando duro, io continuavo a toccargli i capelli e lei mi ha detto, però mi raccomando trattieniti e non fare rumore, quindi prese il mio cazzo, oramai durissimo tra le mani e lo avvicinò delicatamente alla sua bocca, subito solo le labbra lo sfioravano, poi dopo poco anche la punta del glande poi iniziò a succhiare dolcemente e dopo poco la mano destra di Silvia teneva saldamente il mio cazzo duro che era praticamente quasi tutto dentro la sua bocca, era bravissima, raramente ho trovato un ragazza che ci sapeva fare così bene, succhiava, leccava io le toccavo i capelli, mentre la sua testa andava avanti e indietro, le sue labbra e la sua lingua leccavano e succhiavano il mio cazzo oramai durissimo che era praticamente tutto nella bocca di Silvia.

Dopo circa 5 minuti ero pronto a venire, continuai a toccarle i capelli e accompagnare la sua testa nei suoi movimenti, cercando di trattenermi arrivò il momento dell'esplosione. Sentì il cazzo pulsare e un nettare caldo sprigionarsi nella bocca di Silvia, che non fece il minimo movimento se non smettere di muoversi e con mio grande stupore continuò a tenere il mio cazzo in bocca e a ricevere il mio nettare senza battere ciglio.

Il mio nettare era oramai uscito fino all'ultima goccia ed era sempre nella bocca di Silvia e li ci rimase ancora per un minuto, poi delicatamente ritrasse la bocca, si alzò in piedi e con mio stupore scoprì che non solo aveva ricevuto tutto il mio nettare in bocca, ma lo aveva pure ingoiato senza nessun problema. Si passò la lingua sulle labbra, aprì la porta del camerino e uscì salutandomi. Io dopo essermi indossato i pantaloni feci lo stesso.

La maestra di sci

Sono sempre stato affascinato dal mondo dello sci e dal desiderio di provare, così dopo anni e anni di inutile attesa, l'inverno scorso, a quasi 40 anni, ho deciso di imparare o meglio di provare ad imparare a sciare. Mi rivolsi così ad una scuola di sci e li conobbi Anna, una maestra di sci 28enne, carina e soprattutto con mio stupore, originaria della mia città, quindi avevamo anche diversi argomenti di cui parlare. I giorni si susseguono, lezione dopo lezione, mi lascia il suo numero di cellulare per metterci d'accordo quando è libera per concordare le lezioni, così abbiamo iniziato a conoscerci meglio anche di cose non pertinenti lo sci, durante le pause di risalita mi faceva molte domande, anche sulla mia vita privata, scoprì che anche lei aveva la passione per la fotografia, anzi si era comprata una macchina semi professionale qualche mese prima ma non sapeva usarla, così un giorno che avevo l'ultima ora di lezione della sua giornata, complice il fatto che avevo la mia macchina fotografica in auto, mi offrì di dargli un aiuto e lei acconsentì.

La mia macchina era vicino alla sede della scuola, quindi posai subito gli sci, presi la macchina fotografica e visto che era ancora chiaro le feci alcune foto e due primi piani bellissimi con lei avvolta nella sua bellissima tuta da maestra bianca e azzurra, poi lei entrò nella scuola a cambiarsi e ci saremo rivisti poco dopo per andare a prendere un aperitivo.

Così dopo essermi cambiato a mia volta, feci un giretto li vicino aspettando che Anna uscisse dalla scuola. Quando uscì erano quasi le 18, c'era ancora un po' di luce e approfittai di questo per farla familiarizzare con la mia macchina fotografica che era simile alla sua e a spiegarle il suo funzionamento, poi visto che le erano quasi le 18 e 30 e la temperatura prossima allo zero, ci avviammo verso un locale li vicino. Li al caldo del caminetto e di un buon vino Piemontese, continuava la nostra conoscenza, scoprì che lei durante il periodo invernale viveva in un paesino a 10 minuti dalle piste, proprio sulla strada dove passavo tutte le volte e proprio vicino ad un ristorante, anch'esso sulla strada, dove proprio lei mi disse che si mangiava molto bene, così le dissi: "perché no ti invito a cena, vediamo se si mangia proprio bene, tanto sei davanti a casa".

Lei acconsentì e ci avvicinammo al ristorante, aveva già abbandonato i panni della maestra di sci, la sua tuta era riposta nella scuola e lei era già vestita perfetta per la serata quindi non c'era nemmeno il bisogno di passare da casa.

Arrivammo al ristorante che erano quasi le 20.30, il locale non era pienissimo, complice una serata infrasettimanale invernale, in un paesino non molto conosciuto se non per il fatto di trovarsi al lato dell'unica strada che permette di raggiungere alcune note località sciistiche. L'atmosfera tranquilla era perfetta per una serata al caldo del caminetto in questo locale caratteristico tutto in legno, andò tutto secondo le previsioni, veramente come nella migliore delle tradizioni locali, si può affermare che "Mangiammo bene, bevemmo meglio".

Terminata la cena, ci siamo fermati a chiacchierare ancora e al momento di chiedere un caffè, scoprimmo che avevano già pulito la macchina, quindi Anna mi

invitò a salire da lei che a prendere un buon
caffè e vedere la casetta dove viveva tutta
sola durante i mesi invernali quando
lavorava alla scuola.

La casa era proprio li a pochi metri dal
ristorante, in un piccolo condominio del
quale si notava il grosso tetto spiovente
come si usa in montagna per evitare che la
neve faccia danni, la casa era ancora più
carina, un bilocale nel classico stile casa di
montagna, molto caldo e accogliente,
piccolino ma perfetto per lei con tutto a
portata di mano, con tutti i mobili in stile e
sulle mensole a far bella mostra, alcune
coppe che aveva vinto da ragazzina quando
faceva le gare di sci, insieme a diverse foto
che risalivano sempre a quei periodi.

Io mi guardavo intorno, guardavo le coppe,
le foto e lei faceva il caffè, poi ci sedemmo
sul divano a prendere il caffè e a parlare.
Quando sentì le campane della chiesa
vicino suonare mezzanotte, complice la
serata, la cena e anche qualche bicchiere di
troppo, iniziammo a scherzare e mi trovai il
suo braccio intorno alla vita e la sua testa
sulla spalla destra e io la strinsi forte a me e

ci lasciammo andare in un lungo e tenero bacio a cui ne seguirono molti altri sempre più appassionati, vedevo che lei era eccitata ed io più di lei e le chiesi se voleva fare l'amore, mi rispose che ne aveva voglia ma c'era un problema, era nei giorni del ciclo. Ma dai le risposi. Si dice che le donne in quei giorni sono nervose e intrattabili e tu invece sei un eccezione. Lei mi guardò e si mise a ridere. Comunque le dissi che per me non era un problema e la cosa non mi dava fastidio, anzi avevo sentito dire che in quei giorni la donna è più sensibile e sente molto di più, comunque tralasciando il resto mezz'ora dopo ero nel suo letto, abbracciato alla mia giovane maestrina di sci, come la chiamavo affettuosamente io, dopo baci e preliminari vari arrivò il momenti tanto atteso credo per entrambi, eravamo arrivati al culmine di quella intensa giornata, dopo un pomeriggio sulle piste e tutto il resto anche la stanchezza nonostante la situazione, iniziava a farsi sentire, lei stese un asciugamano sotto di lei per evitare di macchiare le lenzuola e io a quel punto mi misi sopra di lei, appoggiandomi sui gomiti per non farle male vista la sua esile figura, ad occhio direi (165 x 50Kg), notai che era tutta bagnata ma non notai tracce di sangue, lei era pronta, mi disse solo che era la prima volta in quei giorni, di fare piano e di fermarmi subito se lei avesse sentito dolore. Risposi di si e avvicinai il mio membro all'imbocco della sua vagina, con il timore di farle male per via anche del ciclo, entrai dentro solo di pochi cm alla volta, entrando e uscendo diverse volte per farla abituare, notai che non aveva dolore, allora proseguì sempre poco alla volta, ad un certo punto fece un gemito di dolore, mi fermai e rimasi immobile dentro di lei, poi mi fece cenno di continuare, dopo una decina di minuti ero tutto dentro di lei.

Tutto andava meravigliosamente bene, nessun dolore da parte sua, anzi godeva a più non posso. Premetto che vista la situazione non ho mai dato spinte forti, ho cercato di rimanere sul soft perché comunque aveva sempre il ciclo, mi muovevo e Anna gemeva mordendosi le labbra che a tratti mi fermavo a baciare, poi senza uscire lei mi fece capire che voleva stare sopra di me, così pian piano mi sdraiai e lei si mise a cavallo sopra di me, a gestire la situazione e notai che godeva molto avendo lei sotto controllo la penetrazione, io piegai le gambe e alzai leggermente le natiche in modo da essere tutto dentro di lei che subito fece una smorfia di dolore che però subito svanì. Tutto proseguiva in un atmosfera magica, in certi momenti provavo un irrefrenabile voglia di venire ma cercavo di resistere. Le dissi che mi sarebbe piaciuto venire insieme e di avvisarmi quando stava per essere al culmine, così fece, ad un certo punto, lei era sempre sopra di me, sentì il suo bacino muoversi sempre più rapidamente, le chiesi quando stava per venire di sdraiarsi completamente sopra di me e lasciarsi andare.

Dopo qualche minuto era al culmine ed io pure, la vidi abbassarsi su di me, quando sentì il suo seno sul mio petto era il momento per entrambi, sentì la sua vagina contrarsi ed il mio nettare caldo sprigionarsi al suo interno, nella stanza buia nel silenzio della notte, riecheggiarono due grida di piacere e godimento, lei gemeva e godeva, io ero letteralmente in estasi, il mio membro era dentro la sua vagina piena di sperma, sangue e umori vaginali.

Rimanemmo diversi minuti a godere entrambi e rilassarci nei momenti successivi, poi pian piano e con molta calma Anna si ritirò e si sdraiò sul letto esausta, notai che il mio pene era tutto bagnato e c'era anche del sangue di lei e questo invece che farmi schifo, mi eccitava. Avevo fatto l'amore con la mia maestra di sci e pure durante il ciclo, un esperienza indimenticabile. Lei si alzò, mi disse che non aveva mai goduto così tanto che quindi era vera la storia che si prova più piacere in quei giorni, anche se mi confessò di avere un po' di dolore anche alle ovaie forse anche a causa dello sforzo. Si alzò per andare in bagno e notammo che anche l'asciugamano che aveva messo come protezione era sì un po' sporco ma meno di quello che potevamo immaginare.

Anna tornò dal bagno, io la seguì e poco dopo crollammo esausti. La mattina dopo ci svegliammo ancora abbracciati e stanchi ma lei doveva andare al lavoro, mi disse che però la prima ora di lezione della giornata non era stata prenotata e se volevo farla io e così fu, alle 9 ero già in pista con la mia super maestra, ora la guardavo con occhi

diversi, era ancora più bella nella sua tuta
da maestra bianca e azzurra, dopo quella
notte di sesso era ancora più carina, la
guardavo, le guardavo la tuta bianca e
azzurra con il suo nome stampato e
arrivato all'altezza del cavallo dei pantaloni
un brivido mi accarezzava la schiena,
pensando che li sotto c'era la sua vagina,
ancora piena del mio nettare deposto con
tanto amore poche ore prima.

Viaggio in traghetto

Premessa, volutamente sarò generico riguardo ad alcune informazioni (luoghi, date e situazioni in cui si sono svolti gli eventi).
La scorsa settimana, dopo molto tempo, avendo dei giorni liberi, ho deciso di fare una scappata, in una località della Corsica, a trovare un ex compagno di scuola che si è trasferito sull'isola.
Decisione presa dopo molto tempo, anche perché, nonostante sia un frequente utilizzatore di aerei, treni e automobili e viva in una città di mare con un porto importante, non sono mai salito in vita mia su un traghetto o una nave per un tratta medio/lunga. Anzi non sapevo cosa mi sarebbe aspettato e nemmeno se avrei sofferto il mal di mare.

Cosi mi sono recato al porto per l'imbarco, senza avere la minima idea delle procedure di imbarco, per questo motivo sono arrivato in largo anticipo, ho così assistito alle pratiche di sbarco e imbarco dei veicoli, prima di poter salire sul traghetto.

Tra le persone che prendevano parte alle operazioni di sbarco e imbarco dei veicoli dal garage del traghetto, c'erano anche alcuni allievi ufficiali, nella loro divisa bianca, tra cui due ragazze, la prima bionda con i capelli lunghi avvolti in una treccia, ma quello che mi ha colpito era il suo fondoschiena. Un sedere fantastico, reso ancora più regale dai pantaloni bianchi molto attillati sui fianchi che lo rendevano semplicemente stupendo.

La seconda, più bassa, mora con i capelli di lunghezza medio/corti, che le arrivavano alle spalle, anche lei nella sua divisa bianca, non aveva a differenza della collega un sedere da favola, ma io sono rimasto folgorato da lei dal primo momento che i miei occhi hanno incrociato i suoi.

Terminato di caricare gli automezzi nel garage è venuto il momento di imbarcare i passeggeri a piedi, sempre con le due allieve ufficiali a prendere parte alle operazioni, io la seguivo costantemente con gli occhi, gli sono passato anche vicino, cercando di riuscire a leggere il suo nome dal badge, ma senza riuscirci.

Salgo sul traghetto, la traversata inizia, il mio pensiero è sempre rivolto a lei, mi sono seduto all'esterno del traghetto, proprio sul ponte dove di trova la sala comando, durante la traversata è uscita diverse volte, la prima volta il mio sguardo ha incrociato il suo e mi ha sorriso, la seconda volta ha visto che la guardavo, si è avvicinata esclamando:

"Ciao, che stupenda giornata oggi, viaggi da solo?",

"Si, vado a trovare un amico che vive in Corsica, toccata e fuga"

Con la giornata di oggi, sarà una bellissima traversata", rispose.

"Meno male perché è la prima volta che metto piede su una nave/traghetto".

Lei esclamo: "Quindi è il tuo "battesimo del mare?",

senza esitazioni: "Risposi di si",

allora mi disse: "Senti   ti piacerebbe assistere all'arrivo in porto della nave dalla sala comando ?

Risposi di si, allora mi disse: "Perfetto ne parlo con il primo ufficiale e se per lui va bene, rimani li dove sei seduto che quando stiamo per arrivare vengo a chiamarti e ti accompagno".

Io ringraziai e lei tornò al suo lavoro.

Non vi dico, il mio stato d'animo, avevo parlato con la moretta che mi aveva rapito non appena il mio sguardo si era posato su di lei, ero felicissimo.

Passate circa due ore, si apre una porta e appare nuovamente lei, si avvicina e mi dice: "Il primo ufficiale ha detto che non ci sono problemi, vado a prendere qualcosa al bar e poi andiamo in sala comando",

"Se vuoi ti accompagno" risposi.

Cosi insieme siamo andati al bar e poi siamo entrati in sala comando dove c'erano il primo e il secondo ufficiale, un marinaio generico e la bionda con il sedere fantastico, li proprio con il sedere avvolto nei pantaloni attillati a pochi cm da me, e non devo nascondere che nonostante tutto lo sguardo è andato li. Fatte le presentazioni e ringraziato per l'ospitalità, tra l'altro mia sorella per anni ha lavorato proprio per questa compagnia all'ufficio booking, e ho anche scoperto che entrambe le ragazze vivono nella mia stessa provincia, mi sono affiancato alla "mia moretta", allieva ufficiale che mi ha fatto vedere l'attrezzatura della sala comando e poi ho assistito da li all'arrivo in porto e relative manovre.

La nave è arrivata in porto, ho salutato, la moretta e la sua amica bionda sono scese in garage per coadiuvare le operazioni di scarico e carico dei veicoli e io ho atteso l'annuncio per lo sbarco dei passeggeri a piedi.

Una volta sceso l'ho rivista e salutata.

Sbarco, vedo la città, vado dal mio amico e rimango li praticamente tutta la giornata.

Il giorno dopo, visito la città, qualche acquisto di birra corsa e qualcosa di locale, poi in serata mi avvicino al porto per l'imbarco e scopro che il traghetto di ritorno è lo stesso del mio arrivo, quindi stesso traghetto = stesso equipaggio.

Mi avvicino alla nave, che nel mentre sta caricando le automobili in garage e intravedo dal fondo del garage sempre loro due, la bionda e la mora che con la loro divisa bianca e la radio in mano presenziano le operazioni di carico. Finito l'imbarco delle auto è l'ora dei passeggeri a piedi, ed ecco entro nel garage, mi avvicino alla porta che dal garage porta ai piani superiori e c'è lei, la saluto, lei ricambi, poi mi guarda e mi dice:

"Con oggi ho finito ora mi faccio una doccia, mi cambio e sono di riposo",

io risposti: "Bene quando hai finito di sistemarti, posso invitarti a mangiare o bere qualcosa per ringraziarti per la tua disponibilità?",

lei acconsentì.

Cosi mi sono seduto sul ponte e lei una volta sistemata e venuta a chiamarmi, così siamo andati al bar, siamo stati quasi un oretta li, poi mi ha portato sul ponte superiore a vedere il mare dall'alto della nave, era una giornata stupenda, un caldo e un mare piatto che sembrava dipinto. Ci siamo seduti mentre una lieve brezza serale ci accarezzava dolcemente, abbiamo parlato un po', poi con atteggiamento scherzoso, abbiamo iniziato a cercare il contatto fisico, tipo tentativo di fare il solletico, di toccare la mano ecc..

Ad un certo punto complice la location, il mare, le stelle, la brezza, ho preso l'iniziativa e le ho toccato la mano, gesto a cui non si e rifiutata, poi le ho messo il braccio intorno alle spalle e lei ha appoggiato la sua testa sulla mia spalla. Li ero in estasi, cuore che batteva a mille, dopo qualche minuto mi ha guardato negli occhi ed è partito un bacio, o meglio è stato solo uno sfioramento di labbra, a cui sono seguiti baci veri e propri. Siamo stati li ancora quasi un oretta, poi intorno alle 23.30, quando la brezza marina iniziava a diventare fresca, siamo entrati all'interno a visitare l'interno della nave e infine la sua cuccetta, io non avevo idea come fosse fatto l'interno del traghetto e nemmeno una cuccetta, e invece ho visto pure la sua.

Siamo entrati nella sua piccola cuccetta, mi ha parlato un po' della vita di bordo, gli orari che fa ecc, e alla fine ci siamo seduti entrambi sul suo piccolo letto, li sono seguiti baci e carezze e dopo poco ci siamo trovati entrambi sdraiati nel suo piccolo letto, il traghetto proseguiva nella sua corsa, coccolandoci a sua volta mentre noi due sempre più presi dalla passione ci siamo trovati a scambiarci baci e carezze sempre più intime, le mie labbra ora non sfioravano più le sue labbra, ma le mordevano e succhiavano delicatamente ma con insistenza. Le sue labbra sempre più bagnate dal suo dolce nettare non smettevano di fondersi dolcemente con le mie e la sua lingua iniziava a farsi strada alla ricerca della mia.

Dopo poco eravamo entrambi nudi nel suo piccolo lettino, sentivo i suoi seni a contatto del mio petto, la sua lingua che non smetteva di accoppiarsi con la mia in una tenera unione amorosa e il mio pene oramai in piena erezione sfiorare le sue grandi labbra per introdursi per pochi cm nella sua vagina che era tutta bagnata.

Mentre il traghetto proseguiva lento solcando le onde, le mie labbra mordevano delicatamente le sue labbra morbide e bagnate del suo nettare che mi faceva dolcemente assaggiare con la sua lingua, mentre il traghetto con brevi scossoni continuava a solcare le onde, il mio pene solcava la sua morbida e bagnata vagina su e giù insieme al moto ondoso della nave il mio pene si muova ritmicamente dentro di lei che ogni volta che spingevo più in profondità, ansimava silenziosamente. Le mie mani la toccavano delicatamente, il suo seno premeva con forza contro il mio petto, le sue labbra e la sua lingua totalmente bagnate del nostro nettare, il suo letto, i suoi capelli, il profumo di lei nel letto e nel suo cuscino, il mio pene che i muoveva ritmicamente dentro la sua vagina e le nostre gambe strette insieme, creavano un momento magico, quasi i nostri due corpi fossero un tutt'uno.

Non era facile resistere, cercavo di concentrarmi per raggiungere l'orgasmo il più tardi possibile, non avrei mai voluto venire per poter assaporare quei momenti quasi in eterno, ad un certo punto non resistevo più e le dissi, sto per esplodere sono un vulcano in eruzione e lei mi risponde, anche io e sono pronta per accogliere la tua colata lavica. Dopo quelle parole non resistetti più, mi lascia andare godendo al massimo di quel momento e dopo aver sentito il mio pene che pulsava all'impazzata, sentì il mio caldo seme che schizzava copioso nella sua vagina, in quel momento la sentì gemere e la sua vagina contrarsi ritmicamente e stringere il mio pene, stava venendo pure lei, che per non gridare troppo mi strinse forte e iniziò a mordermi le labbra. Dopo quei minuti di godimento estremo, siamo rimasti ancora abbracciati continuando a baciarci mentre il mio pene dentro la sua vagina, faceva fatica a tornare al suo stato naturale.

Eravamo entrambi sudati e accaldati, ora anche il sentirmi addosso il suo sudore mi faceva eccitare fortemente, oramai le mie labbra avevano assaggiato le sue, la mia lingua la sua, il mio pene era bagnato dei suoi umori vaginali, come la sua vagina era piena del mio seme, la mia pelle sudata anche lei faceva l'amore con la sua pelle sudata, il suo profumo con emanavano le sue lenzuola e il suo cuscino oramai era il mio profumo.

Così in quella posizione ci siamo addormentati almeno per alcune ore, insieme, sinceramente credevo di vivere in un sogno, ma al mio risveglio, mi resi conto che era realtà e pensavo al caso, se invece che rimanere folgorato da lei, lo fossi stato per la sua collega dal sedere fantastico, avrei probabilmente solo fantasticato e realizzato fantasie su di lei e il suo magnifico sedere, mentre invece ho passato una notte da mille e una notte, con una ragazza normale, sarà il fatto che per pur belle che siano non amo le bionde e quindi tutto passa in secondo piano, mentre per le more, farei follie.

Ora mi rendo conto che non è nemmeno stata una storia da una "botta e via" o un avventura, perché siamo in contatto, ci sentiamo tutti i giorni e ci vediamo ogni volta che sbarca nel mio porto, molte volte se deve ripartire subito vado anche solo per pochi minuti a salutarla e per scambiarci qualche bacio veloce prima del suo imbarco. A breve ovviamente tornerò in Corsica, ovviamente sullo stesso traghetto, per poter passare di nuovo una notte di fuoco con la mia allieva ufficiale e perché no per rifarmi gli occhi sullo splendido sedere della sua collega, anche se comunque anche lei non ha nulla da invidiare.

Con questo concludo, ho deciso di condividere questo racconto per rendervi partecipi che molte volte dal niente e dall'inaspettato invece può nascere qualcosa di quasi impossibile. Molte volte i casi della vita possono fare la differenza.
Ovviamente ho omesso volutamente di scrivere il mio nome, il nome di lei, il nome della compagnia di navigazione, il nome del traghetto e i porti di partenza e arrivo.

Pomeriggio "Vulcanico"

Il mondo virtuale oggi è molto variopinto e frammentato, l'uso dei social non lo è da meno, anzi si tratta, se usato correttamente, di un aiuto nel conoscere le persone e confrontarsi con loro. Eh sì proprio sui social, in particolar modo Instagram (data la mia passione per la fotografia), ho iniziato a seguire e ad essere seguito, da Alessandra, una ragazza del nord italia, Piemontese per la precisione, molto più giovane di me, per giunta bionda, (io che preferisco le more), curvy e non molto alta, quindi una ragazza che ai più passa inosservata, anche se nonostante tutto non disdegna pantaloni e gonne corte che lasciano intravvedere le cosce prosperose e ma ovviamente anche il seno non è da meno. Cosa mi lega a questa "sconosciuta"?. Ebbene, anche lei vive da anni in un isola dell'arcipelago delle canarie.

Così la nostra amicizia "virtuale", fatta di mi piace reciproci", prosegue, passano i mesi e tra un "mi piace" e un altro, arriva la richiesta di amicizia su facebook, accettata, senza mai chattare curioso nel suo profilo, lei immagino, avrà fatto lo stesso con il mio, e il tempo passa, sicuramente curiosando tra i vari profili, abbiamo scoperto qualcosa di più uno dell'altro, cosa in comune, siamo entrambi italiani in un paese straniero, viviamo nella stessa città e siamo entrambi single, anche se con una differenza di 14 anni, eh sì, lei ha 26 anni e io 40.

Il tempo trascorre veloce ma, da qualche tempo, mi balenava in testa l'idea di scriverle un messaggio, questo dovuto anche al fatto che negli ultimi giorni i suoi "mi piace" alle mie foto sia su instagram che su facebook erano sempre più numerosi, per chiederle di incontrarci per un caffè. Così dopo due giorni di pensieri, gli mando un messaggio: "Ciao Alessandra, io la butto li, visto che entrambi viviamo qui, che ne diresti, domani o dopo, magari davanti a un caffè, di tramutare la nostra amicizia da "virtuale" a reale? Ora il dado è tratto, non resta che aspettare la risposta.

La risposta in effetti tarda ad arrivare e visto come oggi siamo costantemente connessi, mi fa iniziare a pensar male, in tarda serata, arriva un mi piace a una foto su istagram, allora le scrivo, "Ciao, hai posta per te su messanger", nessuna risposta.

Passa la notte, la mattina seguente, mentre mi trovo a fare colazione, arriva la risposta, affermativa, seguita da un breve scambio di messaggi per metterci d'accordo. E così arriva il fatidico giorno, finalmente ci vediamo, finalmente dal vivo, parliamo, passeggiamo, iniziamo conoscerci meglio in questa nuova realtà ora reale.

Passano i giorni, io continuo la mia vita e lei la sua, poi un giorno, sempre tra i vari mi piace e commenti, gli dico che ho intenzione, nei giorni a seguire, di fare un percorso, o meglio seguire uno dei tanti sentieri che queste isole di origine vulcaniche presentano, lei con mio stupore si offre di accompagnarmi, perfetto allora le dico giusto appunto domani è sabato.

Il giorno seguente, zaino in spalla, si parte per questa passeggiata, (che a confronto di altri itinerari che presenta la zona), è davvero una passeggiata, in piano di circa 1 e mezza ora, quindi una normale attività. Ci diamo appuntamento, saliamo sul vulcano, lasciamo l'auto e ci incamminiamo nel sentiero, lasciandoci cogliere dalla bellezza del posto, del silenzio intorno e del paesaggio lunare che ci si presenta intorno, camminiamo lungo il sentiero, parlando poco (a quasi 3000 mt, l'ossigeno manca e camminando è dura, non essendo allenati), siamo talmente presi dalle bellezze intorno e da scattare foto, che non ci accorgiamo nemmeno che il posto dove volevamo arrivare lo abbiamo oltrepassato, comunque considerando che per raggiungere il luogo era indicato un tempo stimato di 1h 45 minuti, proseguiamo, arrivando alla fine del sentiero !!! A questo punto oramai pensando di aver sbagliato in qualche bivio decidiamo di tornare indietro. Durante il ritorno dopo pochi minuti, intravvediamo al lato del sentiero, effettivamente un poco nascosti, dei tetti di antiche costruzioni mimetizzati dalle rocce laviche e dalla vegetazione, ecco li destino che stavamo cercando.

Arrivati nel luogo iniziamo a scattare foto e a curiosare, c'è un silenzio irreale, interrotto solo a tratti dal volo di qualche ape o dal sibilo del vento che accarezza le rocce laviche, non fa nemmeno caldo, ma il sole splende e scalda la temperatura.

Finite le foto ci sediamo a rifocillarci dopo le fatiche della lunga camminata. Il luogo è deserto, i resti di un antico Sanatorio, dispenso tra le colate di lava su un'isola nell'oceano, non abbiamo incontrato nessuno nel sentiero e nemmeno sul luogo, siamo a più di 1 ora di cammino dall'inizio del sentiero e dalla strada principale, insomma dalla civiltà.

Seduti, in quell'atmosfera magica, davanti a quello che era un antica costruzione, iniziamo a scherzare, quando ad un tratto, sento il suo braccio sopra le spalle, io contraccambio. Passano alcuni momenti così in silenzio, nel silenzio surreale, poi le prendo la mano, l'accarezzo dolcemente e dopo poco parte un lungo bacio, a cui ne susseguiranno molti altri, sempre più appassionati, mi leva gli occhiali da sole, io faccio lo stesso con lei, le labbra dapprima si sfiorano, poi arrivano dolci morsi ed infine la lingua fa la sua comparsa e la cosa si fa seria, il caldo, il vento, il luogo desertico, lontano, intorno non c'è anima viva, fanno il resto, la passione aumenta, Alessandra è ora seduta sopra di me, il mio pene si fa turgido, sento Alessandra che si sposta mette il cavallo dei suoi pantaloni proprio sopra il mio, siamo entrambi vestiti ma sento il mio pene oramai quasi eretto che viene "sollecitato", dai movimenti di lei che lo "cerca" muovendosi sopra di me.

Dopo minuti di baci e strusciamenti vari, la sento ansimare, anche io sto esplodendo, così con un gesto rapido, mi slaccia i pantaloni, io le tocco dapprima le natiche, mettendo la mano dentro ai suoi pantaloni, poi inizio ad accarezzargli le cosce e le metto la mano tra le gambe, anche se coperte dai pantaloni, lei inizia a muoversi mentre la mia mano la sfiora dolcemente, poi via mentre lei sta accarezzando il mio membro, la sento, tutta bagnata. Il momento è giunto, entrambi siamo al massimo della passione, così in un attimo le slaccio i pantaloni e a quel punto i nostri sessi, iniziano ad essere a contatto e a sfiorarsi, senza nessuna barriera, pelle a pelle, una sensazione fantastica, tra i baci, le carezze e gli sfregamenti delle nostre parti intime, la voglia aumenta insieme all'eccitazione che si fa via via insostenibile, lei e tutta bagnata, io dalla mia parte pure e così mentre il mio membro stimolava dolcemente e sfregava contro il clitoride di Alessandra, in un attimo lo spinsi dolcemente dentro la vagina, oramai grondante di umori, Alessandra non proferì parola, mentre il mio membro avanzava nella sua morbida e calda vagina, un grido ansimante, uscì dalla sua bocca, ero dentro di lei e dopo poco il mio membro era totalmente dentro di lei.

Da quel momento fu un susseguirsi di movimenti, sguardi, baci, il mio membro si muoveva ritmicamente dentro Alessandra che quasi in preda ad uno stato quasi di estasi, gemeva e si mordeva le labbra tenendo gli occhi chiusi, il suo seno prosperoso strusciava contro il mio petto, sentivo i suoi capezzoli, ormai turgidi, a contatto con la mia pelle, il luogo magico faceva il resto, sentivo che stava per venire infatti dopo poco la sentì muoversi sempre più velocemente fino quasi ad arrestarsi un attimo e lasciarsi andare in un grido di piacere, anche io ero quasi sul punto di venire, ma cercavo di controllarmi per "godere" più a lungo quel magico momento, Alessandra ansimava e si asciugava la fronte sudata, io le accarezzavo i capelli, lunghi e biondi che le scorrevano lungo le spalle, dopo poco riprese a muoversi sempre con più velocità dentro di me, a volte quasi ad uscire del tutto in modo che il mio membro le sfiorasse il clitoride, poi di nuovo dentro per tutta la sua lunghezza, alla fine sentì che era al punto di venire nuovamente, così iniziai anche io a lasciarmi andare, ero al culmine del piacere, in quel momento sentì che i movimenti di lei, come successo in precedenza, iniziavano a farsi più lenti ma erano sempre più profondi, a quel punto spinsi il mio membro il più in fondo possibile e ad ogni spinta era un gemere di piacere, ad un tratto sentì la sua vagina stringere il mio membro e pochi istanti dopo il mio "vulcano" esplose, inondando di calda lava, la vagina di Alessandra, che oramai era in preda ad una fremito di godimento. Entrambi eravamo distrutti tra la camminata e il resto, ma soddisfatti. Restammo ancora più di una mezz'ora tra' l'estasi e il relax post-coito, a sfruttare quel luogo magico, dove si era consumata una scopata magica e dopo esserci ripresi, abbiamo intrapreso il sentiero del ritorno dove ci aspettava ancora oltre un'ora di camminata tra il paesaggio lunare vulcanico, e mentre camminavamo entrambi sentivamo ancora i nostri sessi, umidi dei nostri rispettivi umori. E' proprio vero, la più bella scopata è quella inaspettata.

La cassiera del Lidl

Da un po' di tempo ho iniziato a frequentare un supermercato che da poco si è trasferito in una zona a me più pratica logisticamente.

Nei negozi e supermercati che ognuno di noi, frequenta abitualmente, diciamo che anche se non c'è un vero e proprio rapporto di amicizia, ci si conosce, almeno di vista, c'è chi ci sta simpatico, chi meno, chi ha preferenze ad essere servito da una commessa invece che da un'altra.

A volte scappa qualche battuta, qualche occhiata anche sensuale, qualche commento sulla giornata lavorativa o sulla stanchezza accumulata oppure sulle strane abitudini dei clienti.

Io invece qui mi sono trovato in un ambiente nuovo, tutti volti nuovi, tanti giovani, molte ragazze, alcune bellissime alcune normali alcune brutte secondo i miei gusti. Passano le settimane, i mesi e diciamo ho aggiunto, seppur acquistando li poche cose, quel supermercato nella lista dei miei negozi. Entro, compro, vado in cassa, eh si, galeotta fu la cassa potremo dire, tra le cassiere belle e quelle brutte, c'è ne' una che colpisce la mia attenzione, non è bellissima, alta poco più di 1 metro e 60, acqua e sapone, con i capelli castani lunghi fino praticamente al sedere, che ai più passa inosservata, diciamo che non ha niente che attiri l'attenzione rispetto ad altre "colleghe" appariscente o con seni prosperosi, anche i capelli nonostante la folta chioma non hanno niente di sensuale diciamo, poi senza un filo di trucco e vestita da lavoro ancora meno. Però ha qualcosa che mi attrae. Così vado a fare la spesa e se lei è in cassa mi metto in coda, cerco di scoprire di più di lei, la guardo, lei mi guarda, inizia a darmi del tu e a fare conversazione, per quel poco che e possibile in quei pochi minuti. La cosa più immediata che mi viene da fare e vedere se ha anelli nelle mani per capire se è sposata o fidanzata, operazione molto semplice.

Scoprire altre cose in quel frangente, tipo il suo nome è più difficile, lì va a fortuna, tipo mentre sei in cassa la collega la chiama e allora sei superfortunato, oppure capitare nel momento in cui qualcuno la chiami, cosa che alla fine un giorno succede, così scopro che si chiama Ste quindi Stefania, bene un indizio in più.

La volta successiva mentre sono a fare la spesa, lei mi passa davanti e mi saluta poi entra a cambiarsi, ha finito il turno ed io mi affretto a finire la spesa sperando di riuscire ad uscire insieme dal negozio, mi metto in coda in cassa ma c'è coda, mentre tocca quasi a me lei passa davanti alle casse, vestita ancora da lavoro, saluta le colleghe ed esce, io la seguo con la coda dell'occhio, quando esco dal negozio, lei sta passando davanti in auto e così scopro che macchina ha.

Ora decido che la mossa successiva è lasciargli un biglietto sul parabrezza dell'auto tanto mi sono detto proviamo, detto fatto, anzi ho fatto di più una bella rosa bianca insieme ad un biglietto.
Quella sera mi aspettavo già un messaggio ma non è arrivato nulla, nei giorni dopo nemmeno, ero già rassegnato.
La settimana dopo invece con mio stupore mi arriva un SMS, era lei, io ero l'uomo misterioso e si sa la curiosità è donna, così qualche giorno dopo ci siamo accordati e alle 21 l'ho aspettata nel parcheggio, ci siamo presentati, parlato del più del meno, stretta di mano, bacio sulla guancia e

promessa magari di rivederci con più calma magari per un caffè. Passano i giorni e solo qualche messaggio in amicizia, vado a fare la spesa e c'è lei in cassa, pago e quando mi dà il resto mi sfiora dolcemente la mano.

Una volta tornato a casa, dopo un'oretta, abbiamo iniziato a messaggiare fino quasi alle due di notte e ci siamo dati appuntamento per un gelato la sera dopo. Finalmente arriva la fatidica sera, appuntamento ore 22 dal parcheggio del Lidl, e poi via in direzione gelateria. Prendiamo il gelato, mentre passeggiamo e chiacchieriamo, io cerco il contatto fisico, tipo sfiorargli la mano, toccarla, prenderla a braccetto, lei ci sta ma non si scompone. La passeggiata continua, poi ci dirigiamo verso le macchine, sale in macchina con me e restiamo a parlare ancora un po', la conversazione di fa interessante, mi tocca la mano e gioca con le mie dita, io contraccambio, alla fine al momento di salutarci mi appoggia la testa sulla spalla, i lunghi capelli si stendono sopra la mia camicia e arriva il tanto atteso bacio, le labbra si sfiorano, prima asciutte, poi piano piano sempre più bagnate dalla sua saliva, si passa la lingua sulle labbra e mi bacia, sempre più appassionatamente, mi avvolge in un lungo abbraccio, con la lunga chioma che ci avvolge entrambi, i baci si susseguono, le labbra si mordono, le lingue si abbracciano e si coccolano a loro volta, siamo entrambi avvolti in un turbine di passione e per una buona mezz'ora non pensiamo ad altro, ma la voglia di stare insieme è tanta e così decidiamo già di rivederci il giorno dopo, che lei era di riposo.

Così il giorno seguente, questa volta nel pomeriggio, ci vediamo e passiamo un bel pomeriggio insieme, come una coppia, cena, gelato, passeggiata serale, poi la riaccompagno alla macchina, non scende ma iniziamo a perderci nella passione che in quel pomeriggio non avevamo ancora dato fuoco, quindi una buona mezz'ora, vola tra baci appassionati, poi mi dice: "saliamo nel parcheggio su in terrazza", metto in moto e salgo su, parcheggio all'aperto di un centro commerciale, deserto e buio, mi dice fermati la nell'angolo, io ubbidisco, parcheggio, mi fermo e ricominciano i baci, dopo 10 minuti inizia ad accarezzarmi le gambe e sale sempre più su, mi sfiora delicatamente il pene, che nel frattempo inizia a diventare turgido, lo sfiora sempre più piano tra un bacio e l'altro, poi inizia a toccarlo, sempre attraverso i pantaloni, ad un certo punto mi slaccia i pantaloni e mette la mano proprio li, si mi sta accarezzando il cazzo, lo accarezza, lo tocca e poi, si tira i capelli indietro, si abbassa e lo prende in bocca.

A quel punto mi abbasso leggermente il sedile e continua a muoversi su e giù, le accarezzo i capelli e le tocco delicatamente la testa accompagnandola nel suo movimento, su e giù, gli tengo i capelli in modo che non le vadano in faccia e mi godo il momento.

Passano i minuti, il mio pene è durissimo e lei continua a muoversi, gli entra quasi tutto in bocca, quando sto quasi per venire, per correttezza, non conoscendo le sue intenzioni, le dico Ste sto per venire, lei non si sposta, anzi la sua testa si muove sempre più rapida su e giù, passa ancora circa un minuto, massimo due, non riuscivo più a trattenermi e le dico nuovamente, Ste non resisto vengo, lei non fa un cenno di resa, continua, io vengo e lei non si ferma, sento un getto caldo che schizza nella bocca e sulla lingua di Stefania, che continua a muoversi su e giù, inarrestabile, ancora per qualche secondo, poi si ferma, con il mio pene quasi interamente dentro la bocca, sento la sua lingua e le sue labbra che lo accarezzano dolcemente, poi delicatamente alza la testa, la folta chioma cade nuovamente fino a farle sparire il volto, con le mani cerco di spostarli e vedo il suo volto, le sue labbra, si è fatta venire in bocca e ha pure ingoiato, poi si torna sul suo sedile, si sistema i capelli e si rilassa. Io sono ancora in estasi e mi godo quegli attimi.

Poi la guardo e gli dico che è stata fantastica, che non me lo sarei mai aspettato e che l'avevo avvisata che stavo per venire nel caso volesse fermarsi e farmi venire fuori perché ero a conoscenza a molte ragazze dà fastidio, e lei mi risponde: "a me no e ha aggiunto, anche tutte le mie amiche ingoiano". Eh, le cose inaspettate sono sempre le sorprese migliori. Su questa frase, metto in moto la macchina e scendo al piano inferiore, dove aveva la sua, prima di scendere ancora qualche bacio e poi aggiunge: "la prossima volta continuiamo da dove ci siamo fermati e aggiunge: se ti va". Scende sale sulla sua auto e va a casa.

I giorni susseguono, tra chiamate e messaggi, arriva il fine settimana, la domenica è di riposo e mi dice che potrei andare a trovarla a casa, così la domenica pomeriggio mi dà l'indirizzo e nel primo pomeriggio arrivo da lei, munito di preservativi, perché già intuivo cosa sarebbe successo. Entro in casa, lei era sul divano che stava guardando un film, mi siedo accanto a lei, ci abbracciamo, baciamo e continuiamo a vedere il film.

Dopo una ventina di minuti di film si alza mi prende per mano e mi dice: "andiamo di là", lascia la tv accesa e mi porta nella stanza di fronte, la camera da letto, ci sediamo sul letto, baci e abbracci, poi si sdraia sul letto e mi tira giù con lei, continuano i baci e le carezze, mi leva la t-shirt, io a mia volta la levo a lei, che resta in reggiseno, e andiamo avanti con le coccole, le tocco i seni, gli levo il reggiseno, metto la faccia tra i suoi seni e gli mordo delicatamente i capezzoli, in pochi minuti siamo nudi di traverso sul letto, lei mi tocca il pene oramai duro e io le accarezzo il clitoride e sento che è già tutta bagnata e in pochi secondi, sono già sopra di lei, che prende il mio pene tra le dita e lo avvicina al clitoride, sento il mio pene a contatto con il suo clitoride bagnato ed in un attimo e con forza le entro tutto dentro, è talmente bagnata che mi accorgo di essere completamente dentro di lei da un leggero gemito che esce dalle sue labbra, la abbraccio, sento i suoi seni, a contatto con il mio petto e inizio a muovermi con rapidi e veloci movimenti, lei si morde le labbra, a volte allarga, a volte stringe le gambe.

Il mio membro senza quasi intrappolato e stretto tra la sua morbida vagina come in un dolce abbraccio, come con un senso di possesso, io spingo sempre più in profondità e lei sembra gradire, nonostante un gemito quasi di dolore, ma allo stesso tempo piacere, accompagna ogni mia spinta profonda, fino a quando un getto del mio seme caldo la "innonda" e un grido liberatorio invade la stanza ed entrambi esausti ci addormentiamo in un dolce abbraccio post-coitale.

Al risveglio oramai quasi ora di cena, ci alziamo, la tv era ancora accesa, mangiamo e beviamo qualcosa di veloce davanti alla tv, poi come una coppia di lunga data abbracciati guardiamo la tv, con qualche pausa per qualche bacio, tra un bacio e lei prende l'iniziativa e inizia a toccarmi le gambe, sfiorarmi il pene furtivamente poi in un attimo mi abbassa i pantaloni, ora senza più barriere inizia a toccarlo sempre più velocemente, poi si sdraia sul divano e come era già successo giorni prima se lo mette in bocca e inizia a gustarlo come fosse una rara prelibatezza, io mi godo il momento sublime, accarezzando e ammirando la sua folta e lucida chioma e la sua testa nei rapidi movimenti. Ad un tratto di ferma, si alza e mi dice: "ti vengo sopra", si tira su la gonna, sotto era senza mutande, si siede sopra di me sul divano dove inizia a muoversi rapidamente controllando lei la profondità e l'intensità della penetrazione, questa volta sono io in balia delle sue voglie e delle sue sensazioni, resto seduto sul divano, lei sopra di me le guardo il volto, le labbra, che si morde, geme, urla, mentre i suoi capelli seguono il ritmo che lei decide di dare al suo piacere, il suo seno danza ricoperto a volte dal dondolio dolce della sua chioma che mi avvolge a tratti in una dolce carezza, Ste mi stai facendo impazzire di piacere, e quello che voglio rispose lei, chiudi gli occhi e godimi tutta e dopo pochi minuti il mio seme schizzava nuovamente come impazzito nella sua calda vagina insieme ai suoi umori.

La vacanza pianificata

Si dice che le cose, se devono accadere accadono, a volte è proprio una concomitanza di cause a creare le condizioni più impensabili. Molte volte è proprio così come in questo caso. Ancora una volta, instagram è stato l'artefice. Come ho già raccontato nella prefazione e in altri racconti, ho una attrazione per le donne, ragazze o signore, che utilizzano l'aceto. A molte dà fastidio solo che l'odore, ma altre invece lo adorano ed è proprio il caso in questione.

Come ogni tanto mi capita, stavo curiosando il profilo instagram di una nota azienda italiana produttrice di aceto, tra le foto una mi colpisce, una foto artistica di un tavolo da pranzo, rigorosamente ordinato, con al centro un cesto di frutta e in primo piano, un piatto di ceramica vuoto e a lato una bottiglia da mezzo litro di aceto rosso, ovviamente foto con hashtag della ditta produttrice e come descrizione della foto: "Lo adoro, ci annego l'insalata e finché non ho le labbra bianche non sono soddisfatta".

Fantastico, per una donna così io farei veramente follie, solo al pensiero di poter baciare delle labbra bianche dall'aceto mi viene duro all'istante, altro che viagra.

Ovviamente premo subito il tasto "segui", vuoi che non sono curioso di sapere qualcosa di più di questa persona, anzi ho commentato anche la foto ovviamente in tema e abbiamo scambiato qualche messaggio sul "prodotto" in questione, alla fine l'ho salutata con la frase "buone labbra bianche allora".

Passano i mesi, seguo ovviamente le foto che pubblica questa persona, una ragazze del 1979, quindi possiamo dire mia coetanea, molte foto di lei in primo piano, e ovviamente i miei occhi vanno alle sue labbra e fantastico, non posso fare altro.

Il tempo continua a trascorrere e diversi mesi dopo scopro sempre dalle foto che pubblica, che è un host di airbnb, cioè affitta una parte di casa, fantastico dico e se approfittassi di questa cosa per pernottare da lei ? Quindi vado su airbnb, ma il difficile ora è trovarla tra i tanti host presenti in quella città, tra l'altro nota meta turistica, impresa non facile, comunque cerco pagina per pagina e la trovo !!!

Così mi iscrivo ad airbnb, la contatto e prenoto. Lei mi risponde, dicendomi che prima di accettare la mia prenotazione, visto che il mio profilo sul sito era praticamente vuoto, voleva sapere qualcosa su di me e vedere una mia foto, cosa che ho fatto. Il giorno dopo mi arriva il messaggio che aveva accettato la prenotazione, via ora si fa il biglietto e si parte per la Sardegna.

Dopo qualche mese arriva il giorno della partenza, qualche giorno prima mi avvisa che lei il giorno del mio arrivo per motivi di lavoro non sarà a casa ma rientrerà il giorno dopo ma che ci sarà una persona che mi lascerà le chiavi e mi farà vedere l'appartamento, praticamente starò due giorni solo nella casa dove vive una ragazza a me sconosciuta.

Bene, parto, arrivo all'indirizzo indicato e trovo una persona ad aspettarmi, mi fa vedere la casa, mi lascia le chiavi e se ne va. Non ci credo, sono nella casa della ragazza "acetomane", su cui ho tanto galoppato con la fantasia, entro il cucina e vedo in bella mostra la sua "collezione di aceti" e le sue foto appese con le calamite al frigo e ammetto che mi sono masturbato sul suo divano fantasticando su di lei, una vera bellezza mediterranea, capelli scuri e occhi scuri, un po' magra per i miei gusti ma non si può avere tutto dalla vita.

Due giorni dopo arriva, ci presentiamo, iniziamo a conoscerci, scopro che abbiamo tanti interessi in comune, l'arte anche lei dipinge, la fotografia, anche lei la passione è nata dopo aver visto lo stesso film, la lettura e la musica (molti suoi libri e cd li possiedo anche io), la conoscenza della lingua spagnola (ha fatto l'Erasmus a Madrid dove ha vissuto più di un anno), comunque ci confrontiamo, parliamo, scherziamo ecc..

Una sera, dopo aver cenato tira fuori un dvd, è un cartone animato di Miyazaki, precisamente Pom Poko, che le aveva regalato un amica, io qualche film di questo regista lo conosco perché ne avevo visto uno anni fa per caso in tv e poi ironia della sorte una mia ex, tra l'altro con lo stesso nome della persona in questione, era una fan del genere, quindi ne avevo visti altri e non mi erano dispiaciuti.

Quindi quella sera abbiamo iniziato a conversare anche sui film di quel regista quali avevamo visto e quali no e guarda caso Pom Poko non lo avevamo visto entrambi, così mi dice, ti va di vederlo?

Era febbraio, quindi divano, lei copertina e via di film, dopo circa una mezzoretta, mi sono avvicinato un po' a lei e ho iniziato a provare a cercare contatto fisico per vedere la sua reazione, quindi tipo sfiorarle il braccio e cose del genere, vedo che ci sta. Quando il film e quasi finito decido di provare e le prendo la mano, lei non mi dice niente ma inizia ad accarezzarla, ci siamo. Guardiamo finire il film quasi mano nella mano, finito il dvd partono i contenuti extra e noi li sul divano continuano le carezze alle mani e gli sguardi e alla fine parte il bacio. L'incantesimo è iniziato e io assaporo quelle labbra in modo particolare.

L'epilogo finale a questo dopocena perfetto è in camera sua, nel suo letto, ora sono li, quel letto dove nei giorni e nelle ore seguenti, più volte ho guardato e fantasticato su di lei, ora mi trovo su quel letto, con le lenzuola impregnate del suo odore e con lei a pochi cm, guardo i suoi capelli, i suoi occhi ed infine le sue labbra, fantasticando e immaginandole bianche dopo aver "abusato" con l'aceto, guardo quelle labbra, le bacio il cazzo mi viene duro, ora conosco il significato del famoso detto: "BASTA UNO SGUARDO E MI VIENE DI MARMO".

Su quel letto, tra le lenzuola inebrianti del suo profumo, continuano i baci subito quasi innocenti, poi sempre più focosi, chiudo gli occhi e immagino di baciare quelle labbra mentre o dopo aver mangiato l'insalata, mi sembra di esplodere o meglio il mio cazzo esplode, sempre più duro, lei se ne accorge e mi dice, però vedo che ti sto facendo effetto, in un attimo sono sopra di lei, affondo il mio viso tra il seno e lo bacio, lei si leva la maglietta in modo che il seno sia tutto scoperto, a mia completa disposizione, quei seni morbidi mi fanno impazzire, ora mordo dolcemente il capezzolo sinistro, ora il destro, ora affondo il viso tra i due seni, ora inizio a baciarla e dal seno scorro sempre più giù, complice la mia barba di qualche giorno, ogni tanto gli faccio il solletico e dice che gli faccio venire la pelle d'oca, prima il collo, poi il seno, poi l'addome, ed infine in un attimo le sfioro il clitoride e lei sussulta.

A quel punto si ferma come bloccata, si tira su dal letto, quasi al punto di voler smettere, mi pare turbata, mi chiede cosa penso di lei, se la ritengo una ragazza facile, se penso che quello che ha fatto con me lo abbia fatto anche con altri, gli rispondo che non mi è mai passato per la testa di pensare una cosa simile, anzi mi sembrava una ragazza molto seria e con la testa sulle spalle. A quel punto sembra essere più a suo agio, mi dice che non era mai capitata una cosa simile in tanti anni di airbnb, di rimanere amici o scherzare si ma mai oltre. Io la tranquillizzo, gli rispondo che la capisco e che nemmeno io pensavo lontanamente una cosa simile, ma evidentemente c'era attrazione reciproca e le cose hanno preso quella piega li. Alla fine così le ho raccontato tutta la storia e che praticamente non avevo scelto la sua città ne la scelta di casa sua su airbnb era stata casuale, o meglio lo era fino ad un certo punto, era una città che non conoscevo e che si è rivelata molto bella.

E lei mi ha risposto: "però hai una bella fantasia, dovevi fare il regista o lo sceneggiatore", con una risata provocante, comunque con me ti puoi sbizzarrire, ti dico subito no sui capelli perché i miei sono problematici e devo usare shampoo apposta che costa un occhio della testa, ma per il resto ti faccio impazzire.

Su questa risposta, io sdraiato sul letto eccitato, inizio a fantasticare, lei si alza e mi dice : "arrivo subito", si alza, la seguo con la coda dell'occhio, va in bagno, poi esce e va in cucina, sento il rumore del lavandino, infatti al suo rientro in camera porta con se un bicchiere d'acqua e nell'altra mano un altro oggetto, lo appoggia sul comodino, ora vedo di cosa si tratta, è la bottiglietta di glassa all'aceto balsamico, si sdraia, mi guarda, prende la bottiglietta, me la porge e dice: "con questa cosa faresti ? Dai spazio alla tua fantasia". Io senza pensarci un attimo risposi, senza dubbio lo metterei sulle labbra, e lei: "interessante".

Quasi non mi sembrava vero, presi la bottiglietta e dopo averla aperta la avvicinai alle sue labbra e con un gesto lento ma preciso ricoprì, prima il labbro superiore, poi quello inferiore, di un leggero ma omogeneo strato di glassa, poi distolsi lo sguardo nell'allungarmi verso il comodino per riporre la glassa, a quel punto mi voltai verso le sue labbra e con stupore vidi la sua lingua sulle labbra, praticamente aveva rimosso con la lingua tutta la glassa che le avevo messo, mi guarda e mi dice: "che ci posso fare se la adoro, dai mettine ancora", così allungai nuovamente il braccio in direzione del comodino, presi la glassa e dopo pochi secondi, un nuovo strato di glassa, ricopriva completamente le sue labbra, a quel punto, riposi velocemente la bottiglietta sul comodino, le guardai le labbra tutte "glassate". Mi avvicinai dolcemente, appoggiai delicatamente le mie labbra alle sue, ora anche le mie erano avvolte dalla glassa e in un attimo mi ritrovai avvolto in un dolce bacio, le sue labbra acetose, avvolgevano le mie, poi la sua lingua anch'essa saporosa di glassa inizio a farsi breccia tra le mie labbra.

La sua saliva, mista al gusto agro e allo stesso tempo dolce della glassa balsamica, rendeva quel momento veramente unico, lei muoveva la sua lingua tra la mia, io assaporavo quelle labbra balsamiche e allo stesso tempo sentivo il pene che gonfiava sempre di più, lei se ne accorse e lo prese in mano, dopo poco smise di baciarmi, prese la bottiglia della glassa, la versa sul mio pene e poi inizia ad assaporare il cazzo all'aceto balsamico, in quel momento ho pensato tra me e me, certo che anche te ne hai di fantasia, io non feci altro che godermi quei momenti, vedevo la sua faccia e le sue labbra che assaporavano il mio pene e dopo averlo ripulito tutto dalla glassa, strinse il mio cazzo duro tra le mani (non ero ancora venuto), e lo mise tra le sue cosce, e senza esitare troppo lo strofina sul clitoride con movimenti rapidi e decisi. Io le guardavo le labbra ancora leggermente sporche di glassa e leggermente bianche, il pene sul clitoride, nella posizione in cui lo aveva messo lei, iniziava a regalarle sensazioni di piacere, lo si poteva vedere osservandola, il volto rilassato, nascondeva i primi segni di godimento, le gambe di agitavano lentamente e il respiro si faceva sempre più profondo, dopo poco il cazzo dal clitoride entrò direttamente in vagina, l'introduzione fu accompagnata da un leggero fremito del suo corpo, io la abbracciai dolcemente e dopo poco iniziai a muovermi lentamente dentro di lei, piano piano per non farle male, poi sempre più ritmicamente, su quel letto ora si stava realizzando un sogno, il suo letto, le sue lenzuola, il suo profumo, le labbra all'aceto balsamico e ora ero dentro di lei, la mia pelle a contatto con la sua senza nessuna barriera tra i nostri corpi, lei aveva gli occhi chiusi e gemeva in silenzio, a tratti li apriva e il suo sguardo incrociava il mio che era fisso a guardare i suoi occhi e le labbra che gemevano di piacere.

Da li sono iniziati i miei frequenti viaggi in terra sarda ad assaporare le labbra acetose.

La vicina Argentina

Da poco più di un anno, nella mia casa vacanze nelle isole canarie è arrivata una nuova vicina. Ho scoperto la sua esistenza solo dopo mesi, dopo le confidenze di un altro vicino di casa, avete presente quei vicini impiccioni che sanno tutto di tutti, ebbene, mi dice: "hai un infermiera solitaria vicino, vive qui da qualche mese".

Ovviamente, spinto dalla curiosità ho iniziato a prestare attenzione, ma evidentemente non coincidendo gli orari, senza successo.

L'estate scorsa mentre mi trovo nella piscina comunitaria dello stabile, vedo una ragazza che prende il sole, sinceramente non avevo calcolato, ci sono molte case vacanze, anche affittate ad uso turistico, quindi è normale incontrare volti nuovi, io mi metto a prendere il sole e la guardo, è sdraiata sul lettino con le cuffiette, sta poco, il tempo di fare un bagno in piscina, asciugarsi e va via. La guardo andare via, e penso a chi possa essere, qualche giorno dopo sono nuovamente in piscina e arriva pure lei, anche questa volta sta poco in piscina, la gente arriva, va via dalla piscina e lei non saluta, non socializza con nessuno. Quel giorno arriva in piscina anche il mio vicino pettegolo, che mi dice: "quella li è la tua vicina, ma è strana è solitaria, lavora come infermiera nell'ospedale che c'è qui dietro, è sola e vive qui da febbraio", poi da buon Napoletano aggiunge: "lei è sola, tu sei solo, due colpi gli e li potresti dare". In effetti, anche se non è una bella ragazza, secondo i canoni odierni intendo, perché curvy, porta l'apparecchio ai denti non ha le proporzioni e il viso di una top model, però ha delle caratteristiche che a me non dispiacciono.

Così ho iniziato a tenerla d'occhio e una serie di fortunati eventi mi ha portato a conoscere qualcosa di più, siamo vicini e abbiamo anche le cassette della posta vicine, in Spagna non si usano i nomi sulla buca delle lettere ma c'è solo il numero dell'interno, ebbene un giorno mi trovo una sua bolletta del telefono, nella mia cassetta, primo regalo, lo sbaglio del postino mi permette di conoscere il suo nome, Daniela Alejandra, il primo tassello del puzzle.

Facebook ovviamente fa il resto, scopro che è Argentina, di una città vicino a Mendoza, trasferita da tempo a Gran Canaria, con i genitori e ora trasferita in un isola vicina per motivi di lavoro, ha il profilo con poche informazioni, pochi amici, poche foto. Non riesco a scoprire nemmeno l'età, ma solo che è nata il 3 ottobre, seconda casualità, mia sorella è nata in quella data.

Non me la sento di approcciarla in piscina, anche perché non da confidenza e ho paura di partire con il piede sbagliato, meglio il fascino del mistero. Senza dire chi sono, gli metto un bigliettino sotto la porta, con scritto che mi piacerebbe conoscerla, senza aggiungere che sono il suo vicino. Niente non risponde.

Passano i mesi, ovviamente cerco di stare attento ai suoi spostamenti, ma mai una volta che la incontro mentre esce di casa o rientra, niente.
Un giorno mentre curioso su un sito di incontri, scorro i profili e vedo la sua foto, la stessa che ha su facebook, faccio un salto sulla sedia, e lei. Apro il profilo e scopro anche la sua età, 28 anni e nata il 3 ottobre

1990, non nego che non lo avrei mai detto perché e brutto da dire, ma ne dimostra di più, pensavo fosse quasi una mia coetanea, ma soprattutto ora ho la certezza che è single.

E qui inizio a fantasticare, ripenso al mio amico Lino che mi dice di "darle due colpi", eh ora gli e li darei volentieri, ma non solo mi sembra una brava ragazza, seria, introversa come me, anche qualcosa di più serio non mi dispiacerebbe, siamo vicini muro con muro, di casa, potremo esserlo anche nella vita.

Dopo badoo, scopro anche il suo profilo instagram, profilo stranamente non privato, qui ci sono tante foto anche di molti anni fa, una addirittura di questa estate nella piscina, molte foto di cibo, spesso italiano e curiosando tra i suoi followers su instagram scopro che ama l'Italia e pensare che io ho dei parenti in Argentina, perfetto, ora so abbastanza di lei per giocare le mie carte.

Gioco sempre sul mistero, i fiori fanno sempre effetto, potrei lasciarle un mazzo di fiori sul balcone, confina con il mio, basta che allungo la mano, però così scoprirebbe chi sono, opto per lasciarli fuori dalla porta, con un bigliettino, ma senza nomi ne recapiti, la curiosità è donna e nel frattempo continuo a seguirla su instagram, ma con la promessa di scriverle e dirle chi sono.

Qualche giorno dopo succede l'impensabile, stende o meglio, appoggia un tappeto tra il divisorio dei terrazzi e il vento lo fa cadere sul mio, a questo punto o viene lei a chiederlo oppure vado io, però siccome non ero presente, il tappeto poteva essere anche del piano di sopra, allora lo metto sopra la ringhiera del mio terrazzo e aspetto che qualcuno si faccia avanti.
Una sera, mentre ero in terrazzo ad un tratto sento una voce: "disculpa", provenire dal terrazzo di lato e lei che si affaccia, ci presentiamo, mi dice del tappeto che è il suo così lo sporgo dalla sua parte, ci presentiamo velocemente e tutto finisce come era cominciato, almeno mi ha rivolto la parola ora sa che sono il suo vicino.
Qualche giorno dopo gli scrivo su instagram, gli dico che il misterioso dei fiori sono io e che visto che siamo vicini di casa, entrambi siamo soli, mi sarebbe piaciuto diventare sua amica, ma in

amicizia senza secondi fini, considerando il fatto che io sono spesso in Italia e lei sarebbe la persona ideale per dare un occhio alla casa in mia assenza. Mi risponde che per lei va bene e così un pomeriggio siamo andati a bere un caffè insieme e a fare una passeggiata, nel parco il vicino.

Mi ha raccontato di lei, cose che già conoscevo, tipo dove lavorava, che è Argentina, allora tiro fuori il discorso dei parenti, gli parlo di me, dell'Italia, del cibo italiano e che si poteva continuare il discorso davanti a una pizza e così è stato, poi siamo tornati a casa, stesso portone, stesso piano, io porta 4, lei porta 5.

Il giorno dopo, sono rientrato in Italia e i nostri contatti sono rimasti qualche "mi piace", su instagram e nulla più.

Non nascondo che ho passato la permanenza in Italia, fantasticando su Daniela, e quindi al mio ritorno, circa un mese dopo, la prima cosa che ho fatto arrivando a casa è stato vedere se era in casa, essendo proprio vicini, se uno dei due non è in casa si vede, così gli scrivo su instagram che ero appena rientrato, lei era in ferie ma si trovava a Gran Canaria, dai genitori ma sarebbe rientrata nei prossimi giorni, da quel momento abbiamo iniziato a messaggiare, prima su instagram, unico contatto che avevo, poi successivamente e proprio quel giorno mi dice che era meglio sentirsi su WhatsApp, così è stato, anzi ora avevo pure il suo numero e quel giorno gli ho detto che una sera al suo rientro, si poteva cenare insieme.

Dopo due giorni, nel tardo pomeriggio mentre mi trovo in terrazzo a prendere il sole, la sento aprire la porta, mi affaccio è appare lei, ben tornata le dico, che fai questa sera, si mangia insieme? Va bene rispose lei e aggiunge: tanto sono appena rientrata, in casa non ho niente e dovrei andare a fare la spesa. Allora sei mia ospite risposi, basta uscire da una porta e via, puoi anche venire in tuta da ginnastica aggiunsi.
Cosi, mi preparai in fretta e scesi di corsa a comprare due cose, fortuna ho il supermercato vicino, il menù è deciso, spaghetti alle vongole, gamberoni alla griglia, gelato, rigorosamente preso alla gelateria italiana dei miei amici, il tutto annaffiato da una Malvasia Vulcanica di Lanzarote. Ritorno e inizio a preparare, in

un attimo sono le 20 e quasi tutto pronto, lei suona alla porta, entra gli faccio vedere la casa e gli dico: "ho preparato in terrazza tanto fa caldo", cena informale senza fronzoli, intanto che cuoce la pasta, iniziamo a bere un bicchiere e dopo 10 min tutto era pronto, cena perfetta, molto apprezzata e con tanto di foto su instagram a sigillare l'evento, gelato italiano poi il top e anche il vino veramente di livello.

Finita la cena, musica jazz di sottofondo e candela sul tavolo, abbiamo continuato nei nostri discorsi che spaziavano dal lavoro, alla famiglia, alla vita privata, agli hobby, scopri cose che già conoscevo e nuovi elementi che completavano il mio puzzle, non feci nessun accenno a come avevo scoperto il suo nome o altro. Era oramai quasi mezzanotte di un venerdì sera estivo, quando ad un certo punto, quando la pancia era piena e il vino, forse più a lei meno abituata, aveva fatto effetto, sentii delicatamente la sua mano, inizio a sfiorarmi la schiena, con la promessa, lei infermiera, di aiutarmi per i miei problemi di cervicale, dopo poco il massaggio prosegue ben oltre la schiena, sempre più giù, fino ad arrivare alle gambe, al interno delle cosce, ma sempre senza sfiorare nessuna zona "pericolosa", scendeva verso le gambe, poi risaliva verso il bacino, con movimenti circolari, e di nuovo interno cosce, io mi stavo eccitando e si vedeva, in quella posizione e situazione era anche impossibile da nascondere, ma lei continuava nel suo massaggio rilassante, quando ad un certo punto, mentre era intenta a massaggiare le gambe, mi sfiora il pene, oramai quasi in erezione, un brivido sale lungo la schiena, subito dopo poco lo sfiora di nuovo, poi ancora ma sempre in modo non esplicito, ad un certo punto con mio stupore iniziale, il mio pene diventa l'oggetto principale del suo massaggio, lo sfiora, lo tocca, lo stringe ma delicatamente, fino a quando non abbassa la testa e lo prende in bocca, le sue labbra morbide e umide entrano a contatto per la prima volta con il mio glande, a quel punto dopo un iniziale "conoscenza dell'oggetto", a base di teneri baci, afferra con la mano sinistra la base, oramai in piena erezione, china nuovamente la testa, appoggia nuovamente le sue dolci labbra sopra la punta del pene e inizia a muovere la testa, subito lentamente, poi sempre più forte, su e giù, su e giù, con la mano sinistra sempre stretta intorno alla base, le sue labbra e la sua lingua mi regalano sensazioni magnifiche, su e giù, su e giù, sempre ritmicamente io gli tengo le mani tra i capelli, accarezzo la testa e con le mani seguo e aiuto il movimento della sua testa, dalla sua insistenza e ritmo con la quale si muoveva, avevo già capito dove voleva arrivare, così mettendo ancora una volta le mani tra i suoi capelli, ho iniziato a godermi appieno quegli splendidi momenti, Daniela andava su e giù, il mio pene iniziava a pulsare sempre più forte, quando ero quasi sul punto di venire, Daniela di ferma, ora tiene le labbra appoggiate ad glande e   come all'inizio lo bacia dolcemente, io non resisto più e vengo, lei aveva già previsto tutto, si era messa in quella posizione apposta con le labbra appoggiate al glande, pronta per ricevere il mio nettare, così dopo poco, un getto di liquido caldo sgorga tra le labbra di Daniela, sento le labbra appoggiate, lo sperma caldo che esce, le sue labbra bagnate, resto in estasi qualche secondo e mi sdraio per godermi quel momento, Daniela tira su la testa, i miei occhi vanno subito sulle labbra, sono tutte bianche di sperma, mi guarda e si passa la lingua sulle labbra. Io resto sdraiato sul letto con i pantaloni abbassati e in camicia, lei e completamente vestita, si sdraia, inizia a sbottonarmi la camicia, inizio a fare lo stesso ma senza fretta. Dopo una decina di minuti siamo entrambi quasi completamente nudi, a quel punto ricambio il favore iniziando a massaggiarla, dapprima la schiena, le gambe, i fianchi, poi inizio a sfiorarle le cosce e le natiche ed infine il mi concentro sul seno, che massaggio dopo massaggio diventa sempre più turgido, sempre più voglioso.

Il massaggio continuava, le mie mani ora sopra il seno, ora sopra la spalla, ora sulla pancia, iniziavano a cadere quasi come una calamita in quel "triangolo" magico, per lo più rasato, che ora iniziavano a sfiorarlo delicatamente, il mio dito indice massaggiava le grandi labbra, il clitoride, entrava delicatamente dentro la vagina, oramai già bagnata di Daniela, la quale si trovava sdraiata ad occhi chiusi e mezza nuda, io proseguivo nel mio intento, il mio dito entrava sempre più all'interno della cavità di Daniela, poi al dito indice si aggiunge il medio, poi anche l'anulare si unì, con il pollice le massaggiavo il clitoride mentre con le altre tre dita massaggiavo sempre più rapidamente l'interno della vagina, oramai grondante di umori, Daniela sempre sdraiata, si mordeva le labbra e gemeva, a volte aveva qualche spasmo e contraeva i muscoli pelvici, a volte si lasciava completamente andare. Dopo poco ritirai le dita dalla sua vagina e mi sdraiai accanto a lei, il mio pene era nuovamente eretto, con un movimento lento mi sdraiai sopra di lei, tenendo il pene tra le sue gambe che lei strinse a se, ogni tanto lasciavo che sfiorasse le grandi labbra e il clitoride e dopo qualche minuto delicatamente ma con decisione ero dentro la sua vagina oramai bagnata, dopo pochi iniziali movimenti soft, il movimento diventò sempre più deciso, complice anche la grande lubrificazione, rapidi movimenti si susseguivano, Daniela era sempre ad occhi chiusi, si mordeva le labbra, a volte gemendo, a volte stringendo i muscoli pelvici non so se in preda a spasmi come quando la stimolavo manualmente, oppure appositamente per aumentare il mio piacere, in un attimo presi dalla foga ci trovammo quasi a bordo del letto, con le gambe di entrambi che penzolavano fuori, a quel punto puntai i piedi a terra, il bacino di Daniela era quasi sul bordo del letto, e facendomi forza puntando i piedi senza cercare di scivolare, iniziai a dare spinte sempre più energiche, il cazzo spingeva e Daniela gemeva, muovendo quelle gambe come in preda a spasmi, ogni tanto uscivo e sfregavo il pene sul clitoride, poi rapidamente rientravo velocemente per tutta la lunghezza con spinte ritmiche e decise, fino a quando un grido di piacere invase la stanza, a quel punto smisi di puntare i piedi a terra, mi sdraiai completamente su di lei e anche il mio grido invase la stanza, unito ad un getto caldo che si sprigionava all'interno di Daniela, oramai in un lago di umori.

Terminati quei momenti lei si mise sdraiata su un fianco, io feci lo stesso, avvolti in un dolce abbraccio, le mie mani le sfioravano i fianchi, il sedere, i seni, in quella posizione la sentivo, sentivo il suo calore, la mia faccia affondava tra i suoi capelli, le mie mani la accarezzavano ovunque, il mio pene, anche se in stato di riposo, era a contatto con la sua vagina bagnata fradicia e in quella posizione, continuai a baciarle la schiena, i capelli, accarezzare i fianchi, il sedere, fino a quando il mio pene, non iniziò nuovamente a risvegliarsi, pian piano iniziava ad indurirsi, mentre delicatamente sfregava contro le grandi labbra, che anche loro iniziavano nuovamente ad animarsi, in quella posizione, i nostri corpi erano quasi uniti e avvolti in un abbraccio, il mio pene oramai quasi nuovamente in una generosa erezione, stuzzicava gli orefizi di Daniela e in quella posizione mi capitò di puntare il pene nell'ano. Daniela non fece nessun cenno di disappunto, così piano piano, molto ma molto dolcemente mi accorsi, che stavo penetrando, seppur di pochi cm il culetto di Daniela, solo la punta era dentro, ma bastava per sentire delle sensazioni particolari, quell'orefizio stretto, privo di lubrificazione naturale, luogo proibito e tabù per molti ora era nella mia disponibilità, premetto che rare volte mi si è presentata questa occasione, anzi i miei ricordi dell'ultima volta si perdevano nella notte dei tempi, ero quindi deciso di godermi quel momento e quindi la mia preoccupazione maggiore era non farle male, altrimenti sarebbe finito tutto, così mi accontentavo di quei pochi cm che piano piano cercavo di guadagnare anche solo un cm alla volta quello stretto necessario, egoisticamente forse, per poter provare piacere e venire in quel lato oscuro. La mia calma fu premiata, il liquido che il mio pene secerneva in quei momenti non faceva altro che lubrificare e permettermi di avanzare seppur di poco all'interno, a quel punto inizia con la mano destra a massaggiare il clitoride, poi inizia a mettere le dita all'interno della vagina e alla fine a stimolare rapidamente con le dita la vagina di Daniela, mentre il mio pene era dentro al culetto stretto di Daniela, che gemeva per la mia stimolazione manuale, mentre io mi preparavo a godere il mio momento, la nostra eccitazione cresceva di pari passo, sembrava che entrambi cercassimo di capire quale era il momento per crollare e venire insieme cosa che dopo poco avvenne, io ero al culmine non avrei resistito oltre e infatti mentre il mio pene, anche se per pochi cm, stretto nel ano di Daniela, esplodeva insieme alla sua colata lavica, Daniela lanciò un grido di piacere che invase la stanza, eravamo venuti quasi contemporaneamente, tolsi il pene dall'ano e senza preoccuparmi, oramai stravolto mi addormentai avvolto a Daniela, anche lei provata, in un dolce abbraccio in un sonno ristoratore.

Considerazioni-Ringraziamenti

Dopo mille peripezie sono giunto al termine. Non è stato semplice, nonostante una parte dei racconti fossero già almeno in parte scritti, correggerli e renderli adatti alla pubblicazione non è stato facile. Ogni volta che rileggevo le bozze per correggerle, trovavo sempre qualcosa che non andava, una parola che non mi piaceva, una punteggiatura errata, che non dava l'enfasi al racconto che volevo.

Scrivere un libro, seppur di racconti non è un impresa semplice, non sai chi leggerà la tua storia e devi cercare di rendere tutto fluido è di immediata comprensione e magari far immedesimare il lettore nel protagonista.

Questo è il mio primo libro, spero di essere riuscito nel mio intendo, spero di non essere stato noioso, prolisso o ripetitivo, in passato avevo già pubblicato alcuni racconti on-line riscuotendo un discreto successo, spero di ripetere lo stesso con questo libro.

Ringrazio chi ha avuto la pazienza di leggermi fino qui, ringrazio tutte le amiche, qui purtroppo in forma anonima, che mi hanno accompagnato in questi anni e mi hanno dato l'ispirazione per scrivere questi racconti in forma pubblica ma salvaguardando la loro privacy.

A voi, amiche, compagne di vita, ex compagne di vita, amiche di una notte o di qualche mese è dedicato questo libro, ognuna di voi mi ha insegnato qualcosa, di ognuna di voi conservo dei bellissimi ricordi, con molte di voi è rimasto ancora uno splendido legame di amicizia e sicuramente una copia di questo libro in dono.

Ma soprattutto grazie a chi ha creduto in me acquistando e leggendo questo libro.

Se desiderate contattarmi:
jaques.ampora@gmail.com

www.ingramcontent.com/pod-product-compliance
Lightning Source LLC
Chambersburg PA
CBHW071408170626
46811CB00003B/1309